AF495983

FLEUR DE MAI,

NOUVELLES AMÉRICAINES,

PAR

HENRIETTE BEECHER STOWE,

AUTEUR DE LA CASE DU PÈRE TOM,

TRADUCTION DE LA BÉDOLLIÈRE,

ILLUSTRÉES PAR JANET-LANGE.

PRIX : **50** CENTIMES.

PARIS,

PUBLIÉ PAR GUSTAVE BARBA, LIBRAIRE-ÉDITEUR,

RUE DE SEINE, 31.

24.

H^te B. STOWE

ILLUSTRÉE

PAR JANET-LANGE.

TRADUCTION DE LA BÉDOLLIÈRE.

GUSTAVE BARBA, ÉDITEUR.

BEST ET ROTELIN, GRAVEURS.

FLEUR DE MAI.

NOUVELLES AMÉRICAINES.

LE ROSIER.

Elle était là cette simple rose, dans un vase transparent vert comme la feuille du printemps, encaissé par un gracieux support d'ébène placé devant la fenêtre du salon. Elle était là cette simple rose, au milieu des riches rideaux de satin avec leurs franges soyeuses, tombant de chaque côté, entourée des objets les plus rares, des riens les plus coûteux que la richesse procure, et pourtant cette simple rose était la plus belle d'entre toutes ces richesses. Si pure, si virginale, avec ses blancs pétales, légèrement teints d'une nuance carminée, sa corolle arrondie, sa tête penchée sur sa tige, comme prête à se fondre dans son propre élément! oh! quelle chose si parfaite fût jamais sortie des mains des hommes!

Mais le rayon de soleil qui traversait l'ombre de ces rideaux éclairait un objet plus divin que la rose. Couchée sur une ottomane, dans un sombre recoin, et profondément occupée d'une lecture, une beauté rivalisait de fraîcheur avec la jolie fleur. Cette joue pâle, ce beau front intelligent, cette physionomie empreinte des

198.

Le cousin William.

pensées les plus élevées, ces longs cils baissés, et l'expression de cette bouche un peu sérieuse, mais douce et résignée, cet ensemble parfait, c'était l'idéalité d'un rêve.

— Florence! Florence! répéta une voix joyeuse et musicale, empreinte d'une douce impatience. Tournez votre tête, lecteur ou lectrice, et vous verrez une fille jeune, légère et sémillante, le vrai modèle d'une volonté enfantine, née du mouvement et de l'espièglerie, avec des yeux mobiles, un pied qui touche à peine le tapis moelleux, et un sourire qui se réfléchit dans une infinité de fossettes comme s'il multipliait vingt sourires dans un seul.

— Florence, dis-je, répéta l'espiègle, mettez un peu de côté ce sage, bon et excellent livre, et descendez du haut des nues, pour causer avec une pauvre petite mortelle. Je cherchais dans ma pensée ce que vous feriez de votre rosier favori, quand vous vous en iriez, puisque telle est votre détermination; ce serait dommage de le confier aux soins d'une étourdie comme moi. J'aime les fleurs, c'est-à-dire un bouquet de fleurs

1

bien variées, taillées et rassemblées, pour emporter au bal; mais s'il faut y apporter tous ces soins, tout l'entretien nécessaire à sa culture, je ne me reconnais pas tant de dispositions.

— N'ayez aucune inquiétude à ce sujet, ma chère Catherine, dit Florence avec un sourire; je n'ai pas l'intention de mette vos talents à l'épreuve : j'ai un asile en vue pour mon favori.

— Oh! alors vous savez déjà ce que j'allais vous dire, Madame Marshall vous a parlé sans doute; elle est venue hier, et je me suis montrée très-pathétique sur ce sujet, lui dépeignant la perte que votre favori allait éprouver; elle m'a répondu qu'elle serait enchantée de le mettre dans sa serre. Il est dans un état si florissant, plein de boutures prêtes à éclore! Je lui ai répondu que vous le lui confieriez volontiers; je sais que vous aimez tant madame Marshall.

— J'en suis désolée, Catherine, mais j'en ai disposé autrement.

— A qui cela peut-il être? vous n'avez ici pas beaucoup d'amies intimes. ●

— C'est par suite d'un de mes caprices.

— Dites-moi qui, Florence?

— Eh bien! vous connaissez, cousine, cette petite fille pâle, à qui nous confions de l'ouvrage?

—Quoi! la petite Marie Stephens? Quelle absurdité! c'est bien là, Florence, encore une de vos idées maternelles de vieille fille : habiller des poupées pour les enfants pauvres, faire des bonnets et tricoter des bas pour tous les marmots malpropres du voisinage. Je crois vraiment que vous avez fait plus de visites dans ces deux sales et puantes allées derrière la maison que dans Chesnut street, où tout le monde meurt d'envie de vous posséder; et pour couronner l'œuvre, vous allez donner ce délicieux bijou de la nature à une couturière, lorsqu'une amie intime, de votre rang dans la société, en estimerait le don à la plus haute valeur. Quel besoin de fleurs peuvent avoir ces sortes de gens, je vous le demande?

— Tout autant que moi, répliqua Florence avec calme. N'avez-vous pas remarqué que la pauvre enfant ne vient jamais ici sans jeter un regard de convoitise sur les boutons qui s'épanouissent? Ne vous souvenez-vous pas avec quelle amabilité touchante elle m'a demandé l'autre matin la permission d'amener sa mère pour voir mon rosier, parce qu'elle aime tant les fleurs?

— Mais songez donc, Florence, une fleur rare sur une table, au milieu de jambons, d'œufs, de fromages et de farine, étouffée dans cette petite chambre où madame Stephens trouve le moyen de laver, de repasser, de faire la cuisine et tant d'autres choses que nous ignorons...

— Eh bien! Kate, si j'étais contrainte de vivre dans une chambre commune, et de laver, repasser et faire la cuisine, comme vous dites, si je devais employer toutes les minutes de mon temps au travail, sans autre perspective de ma fenêtre qu'un mur de briques et une sale impasse, une fleur comme celle-ci serait pour moi une jouissance ineffable.

— Bah! Florence, vous êtes sentimentale; les pauvres gens n'en ont pas le temps. D'ailleurs je ne crois pas qu'elle croîtrait chez elles; c'est une fleur de serre, et habituée à une existence délicate.

— Oh! quant à cela, une fleur ne s'enquiert pas si son possesseur est riche ou pauvre; et les rayons de soleil qui pénètrent dans la chambre de madame Stephens, quelle que soit du reste sa pauvreté, sont aussi chauds et vivifiants que celui qui nous arrive par notre fenêtre. Les admirables créations du Seigneur sont données à tous sans distinction. Vous verrez que ma belle rose se trouvera aussi gaie et aussi fraîche dans la chambre de madame Stephens que dans la nôtre.

— C'est drôle tout de même! Si l'on veut donner aux pauvres, ils ont besoin de choses utiles : un boisseau de pommes de terre, un jambon, ou autres choses semblables.

— Sans aucun doute, les pommes de terre et le jambon sont de première nécessité; mais après avoir pourvu à ces besoins impérieux, pourquoi ne pas y ajouter quelques gratifications agréables qu'il nous est si facile de leur donner? Il y a beaucoup de pauvres gens, je le sais, qui ont des sentiments exquis des beautés de la nature, et chez lesquels ces sentiments se rouillent et meurent faute d'aliments. Par exemple, cette pauvre madame Stephens, qui aimerait les oiseaux, les fleurs, la musique, autant que moi. J'ai remarqué que ses yeux brillaient chaque fois qu'ils rencontraient quelque chose de semblable dans votre salon; et pourtant elle n'a pas les moyens de se donner l'une ou l'autre de ces jouissances. A cause de sa pauvreté, sa chambre, ses vêtements sont grossiers et simples comme tout ce qu'elle possède. Si vous aviez vu leur ravissement à toutes deux lorsque je leur ai offert une rose!

— Mon Dieu! tout cela pourrait bien être vrai, mais je n'y avais jamais songé. Je n'eusse jamais pensé que ces gens qui travaillaient si dur pussent avoir la moindre idée du goût et de l'élégance.

— Pourquoi donc voyez-vous le géranium ou la rose cultivés avec tant de soins dans de vieux pots fêlés dans les chambres les plus pauvres, ou la clématite sortir de sa boîte grossière pour enrouler dans ses mille replis verdoyants les barreaux d'une fenêtre? N'est-ce pas là une preuve que le cœur humain, quelle que soit sa condition dans la vie, aspire à tout ce qui est beau? Vous souvenez-vous, Kate, que notre blanchisseuse a passé une nuit tout entière, après une rude

journée de travail, pour faire à son premier enfant un joli habillement pour le baptême?

— Oui, et je me souviens de m'être moquée de vous parce que vous lui aviez fait un bonnet trop élégant.

— Ma chère Ketty, je songe au contentement de cette pauvre mère lorsqu'elle contempla son enfant dans ses jolis vêtements; et je suis convaincue qu'elle ne se fût pas montrée plus satisfaite si je lui avais envoyé un sac de farine.

— Enfin, je n'avais jamais encore songé de donner aux pauvres autre chose que ce dont ils avaient réellement besoin, et j'ai toujours aimé le faire, lorsqu'il ne fallait pas beaucoup me déranger pour cela.

— Ma chère cousine, si notre céleste Père nous gratifiait de cette sorte, nous aurions des masses grossières et informes de provisions, entassées sur terre, au lieu de jouir de cette admirable variété d'arbres, de fruits et de fleurs.

— C'est possible, ma cousine, vous avez peut-être raison, mais ayez pitié de ma pauvre tête, elle est trop petite pour contenir tant d'idées à la fois: Ainsi faites comme il vous plaira.

Et la petite coquette se posa devant la glace pour répéter et exécuter à sa satisfaction un nouveau pas de valse.

Dans une toute petite chambre, éclairée par une seule fenêtre, sans tapis sur le parquet blanchi, garnie dans un coin d'un lit blanc, mais grossièrement couvert, d'un buffet avec quelques plats et assiettes dépareillés; dans l'autre coin d'une commode, et devant la fenêtre une petite caisse de cerisier, la seule chose neuve de tout l'ameublement. Dans cette petite chambre, une femme pâle et maladive était renversée dans une vieille bergère, les yeux fermés et les lèvres contractées par la souffrance. Elle se balança pendant quelques minutes, appuyant sa main sur ses yeux; puis elle reprit d'un air languissant l'ouvrage délicat auquel elle s'appliquait depuis le matin. La porte s'ouvrit, et une frêle petite fille de douze ans environ entra, ses grands yeux bleus dilatés et rayonnant du plaisir avec lequel elle portait dans ses mains le vase qui contenait l'arbuste tant désiré.

Vois donc, maman! En voici un d'épanoui et deux qui vont éclore, et tant de jolies boutures qui s'échappent des feuilles vertes!

Le visage de la pauvre femme s'éclaircit lorsque ses regards se portèrent d'abord sur le rosier, et ensuite sur les traits maladifs de son enfant, où n'avaient pas brillé depuis bien longtemps d'aussi vives couleurs qu'en ce moment.

— Que Dieu la bénisse! s'écria-t-elle involontairement.

— Miss Florence! oui, certainement; je savais que vous penseriez ainsi. Ne sentez-vous pas votre tête soulagée quand vous regardez cette belle fleur? A présent, vous ne regarderez pas avec tant d'envie les fleurs du marché, car notre rosier est plus beau que tout ce que l'on y voit. Il me semble qu'il vaut à lui seul tout le petit jardin que nous avions autrefois. Voyez donc cette quantité de boutons! comptons-les! et sentez seulement cette rose; quel parfum! Où le mettrons-nous?

Et Marie, sautillant dans la chambre, plaçait son rosier dans un endroit, puis dans un autre, et s'éloignait à distance pour en voir l'effet, jusqu'à ce que sa mère lui eut rappelé amicalement que le rosier ne conserverait sa vie et sa beauté qu'au soleil.

— Vous avez raison, dit Marie; eh bien! mettons-le dans notre caisse neuve; il sera encore bien plus joli. Et madame Stephen posa son ouvrage pour plier un morceau de journal sur lequel elle plaça son trésor.

— La, dit Marie surveillant d'un œil ardent tous ces petits arrangements, c'est bien comme cela... Non, on ne voit pas les boutons entr'ouverts; un peu plus tourné; la, le voilà bien. Et Marie fit le tour de l'arbuste, afin d'en examiner la rose dans toutes les conditions de lumière. Puis elle insista pour que sa mère l'accompagnât au dehors, afin d'en étudier l'effet de ce côté. Comme c'est aimable à miss Florence d'avoir bien voulu nous en faire cadeau! dit Marie; elle nous a déjà comblées de bien des choses, mais celle-ci me semble la meilleure de toutes; elle a pensé à nous, et elle a deviné notre secret désir; c'est si rare, n'est-ce pas, bonne mère?

Quelle douce journée ce petit présent fit passer aux recluses de cette petite chambre! comme les doigts agiles de Marie glissèrent plus vite pendant qu'elle cousait assise auprès de sa mère! Et madame Stephen oublia dans le bonheur de son enfant ses tourments et son mal de tête; elle pensa, le soir, en prenant sa tasse de thé faible, que depuis longtemps elle ne s'était sentie si forte ni si courageuse.

La douce influence de cette rose ne s'effaça pas avec le premier jour; pendant tout le froid et long hiver, les soins, la tendre sollicitude pour la conservation du rosier éveillèrent une foule de sensations qui firent oublier l'uniformité et les fatigues de la vie. Lorsque le passant s'arrêtait à la fenêtre pour en admirer la beauté, Marie était heureuse et fière le restant du jour; la pauvre et soucieuse veuve elle-même ne restait pas insensible à ce tribut de l'étranger pour la fleur favorite.

Florence était bien loin de s'imaginer, lorsqu'elle fit ce présent, qu'un fil invisible s'y tramait pour se développer au loin et tisser la toile de sa destinée.

Par une froide après-midi des premiers jours du printemps, un grand et gracieux cavalier se présenta dans la petite chambre pour payer quelques confections de linge qui lui avaient été faites. C'était un étranger et un passant, recommandé par la charité d'une des pratiques de madame Stephen. Comme il se disposait à sortir, ses yeux s'arrêtèrent en admiration devant le rosier.

— Quel admirable arbuste! s'écria-t-il.

— Oui, dit la petite Marie; et il nous a été donné par une jeune demoiselle aussi belle et aussi admirable que la fleur.

— Ah! dit l'étranger fixant sur l'enfant ses yeux noirs et brillants avec une expression de plaisir et d'étonnement; et comment se fait-il qu'elle vous en ait fait don, ma petite fille?

— Parce que nous sommes pauvres et que ma mère est malade, et qu'il nous serait impossible d'acheter un si beau rosier. Nous avions un jardin autrefois, et nous aimons beaucoup les fleurs : miss Florence s'en est aperçue, et elle nous a donné ce rosier.

— Florence? répéta l'étranger.

— Oui, miss Florence l'Estrange, une bien belle demoiselle. On dit qu'elle est étrangère; pourtant elle parle l'anglais tout comme les autres dames, mais avec une voix plus douce.

— Est-elle ici dans ce moment? habite-t-elle cette ville? demanda ardemment le gentilhomme.

— Non! elle est partie depuis plusieurs mois, répliqua la veuve, qui remarqua le nuage de désappointement qui obscurcit les traits du visiteur; mais, ajouta-t-elle, vous pouvez prendre toutes informations sur elle chez sa tante, n° 10, rue.....

Peu de temps après, Florence reçut une lettre dont l'écriture la fit trembler. Pendant les premières années de son enfance, qu'elle avait passées en France, elle avait appris à connaître cette écriture. Elle avait aimé comme une femme de sa sorte sait aimer — une seule fois. Mais tant d'obstacles de parents, d'amis, de longue séparation, avaient passé sur des années d'angoisses, qu'elle croyait que l'Océan s'était refermé entre elle et cette main chérie; c'est pourquoi son délicieux visage portait ces quelques lignes creusées par la tristesse.

Mais cette lettre disait qu'il était encore de ce monde, qu'il avait découvert et suivi sa trace, comme on découvre le lit d'une eau pure et limpide par la fraîcheur de la verdure qui le cache, en suivant le cours des œuvres de bienfaisance qu'elle avait semées sur la route comme l'ange de paix et de consolation. Est-il besoin d'achever ce que mes lecteurs ont déjà deviné, et ne vaut-il pas mieux leur laisser terminer eux-mêmes cette petite histoire?

LE COUSIN WILLIAM.

La maison dans laquelle vivait l'héroïne de notre histoire était enfouie sous une forêt de pommiers, rouges de fleurs à l'époque du printemps, et dorés en automne par leurs fruits abondants; à deux pas, le jardin, entouré d'une haie d'aubépine, renfermait toutes les magnificences de Pomone. Les vignes luxuriantes cherchaient, en automne, une issue pour étendre leurs rameaux envahissants; les espaliers disparaissaient sous les pêches veloutées ou les brugnons dorés, et les arbres fruitiers pliaient sous le poids des grappes de poires jaunes et appétissantes. Des concombres mûrissaient au soleil, et le blé indien, drapé dans sa robe de soie verte, balançait sous le souffle de l'air sa tige élancée et flexible. Les rayons d'un soleil d'été dardaient au travers de rangées de groseilles cramoisies, tandis que le sombre cassis mûrissait au fond du verger.

Le père de notre héroïne appartenait à cette classe indispensable d'individus qui, sans valeur personnelle, servent à combler et unir entre eux les anneaux de la chaîne sociale. Sa belle-sœur, au contraire, remplissait un rôle important dans la maison depuis la mort de la femme, et lui avait succédé en prenant les rênes du gouvernement.

Cette dame partageait avec les plus illustres philosophes cette opinion que les affaires de ce monde ont besoin d'être vues de près pour les faire prospérer; et bien qu'elle ne s'occupât pas comme eux de la surveillance de l'univers, elle compensait l'étendue par l'activité qu'elle apportait dans la direction de son département circonscrit. Dans sa manière de voir, tout le monde devait être debout et à l'ouvrage de bonne heure, le lundi parce que c'était jour de blanchissage, le mardi pour repasser, le mercredi pour boulanger, le jeudi parce que c'était la veille de vendredi, et ainsi de suite jusqu'à la fin de la semaine; puis elle avait soin de rappeler à chacun tout ce qu'il avait à faire jour par jour, semaine par semaine, et cela avec tant de ponctualité, qu'il ne se faisait aucun acte original dans la maison.

Mais la surveillance de toute une famille d'enfants donnait un sujet assez abondant d'exercice à une dame de son activité d'esprit. Passer l'inspection des mains et des visages, faire raccommoder leur linge et leurs effets, leur apprendre le catéchisme, empêcher qu'ils ne cueillent des fleurs ou qu'ils ne jettent des pierres aux poulets, étaient une accumulation de soins dévolus entièrement à madame Abigaïl; si bien que, d'après son propre dire, c'était par miracle qu'elle agissait et qu'elle vivait.

La plus âgée des enfants confiés à sa garde était une jeune fille du nom de Marie. Il est convenu que toutes les jeunes filles dont on racontera l'histoire auront des formes de sylphides, des yeux séduisants et un charme inexprimable répandu sur toute leur personne. Et comme les histoires sont assez nombreuses depuis quelque temps, la série des définitions d'yeux, de cheveux, de dents, de lèvres et de formes nécessaires au portrait d'une héroïne est épuisée, de sorte qu'il est difficile de tracer la moindre originalité. Toutes ces choses prises en considération, je me trouve fort heureuse que mon héroïne ne fût pas une beauté. Elle n'avait l'air ni d'une sylphide ni d'une orcade, ni distinguée ni magnifique; mais elle ressemblait énormément à une mortelle telle que vous en coudoyez par douzaine sans y faire attention; une de ces physionomies communes comme l'eau que l'on peut colorer en toutes les nuances du prisme, suivant les teintes auxquelles on l'associe. Par conséquent un goût irréprochable dans la toilette, une aisance parfaite de manières, et un flux perpétuel de bons sentiments produisaient chez elle le même effet que la beauté. Ses manières étaient empreintes de dignité, juste ce qu'il en fallait pour repousser l'impertinence sans détruire la liberté insouciante et la vivacité d'esprit qui formaient le fond de son caractère. Nul n'avait à sa disposition une meilleure provision d'histoires, de chansons et de traditions de village, qui composent les éléments d'une conversation animée. Elle avait lu tout ce qui lui était tombé sous la main : l'histoire de Rollin, la Bible de famille de Scott, un vieux volume de Shakspeare, et par-ci par-là quelques romans de Walter Scott empruntés à une famille lettrée du voisinage. Elle possédait un album pour y consigner ses pensées, et elle avait la constante habitude de découper dans les journaux tous les morceaux détachés de poésie qu'elle trouvait, joignant à son album une quantité de pensées et de feuilles de rose desséchées en souvenir de diverses amitiés particulières, avec une foule d'autres habitudes sentimentales assez familières aux jeunes filles de seize ans. Elle était douée en outre d'une très-grande puissance de production d'aiguille, de sorte qu'il n'y avait pas de tricot, de broderies, de filet et de coutures pour fabriquer des pelotes, ou des cols, ou des housses, qui ne lui fussent familiers. On n'insiste pas assez chez les héroïnes de roman sur leurs talents dans ce genre de travail. Et que dire de ses tartes et de ses puddings? Ils eussent converti les célibataires les plus invétérés. Et sa manière d'épousseter et de conserver un ameublement? Bien des filles ont fait tout cela vertueusement; mais tu les excelles en toutes choses.

Pensez-vous à ce qui vient ensuite? Un beau jeune homme, bien entendu; car à cette même époque un certain William Barton vint se fixer dans le village et prendre l'emploi de recteur du collège. Madame Abigaïl l'appelait son cousin; et il y avait à peine huit jours qu'il prenait pension dans la maison, que, sur les remarques qu'il avait faites sur miss Marie, il l'appelait sa cousine de la manière la plus naturelle du monde.

Marie en eut un peu peur dans les commencements. Un jeune homme qui avait tout étudié en grec, en latin et en allemand, et dont la chambre était encombrée de livres de toutes sortes, il y avait là de quoi soupirer d'en savoir si peu et d'être ignorante devant un homme si instruit; mais, cette première terreur passée, ils devinrent les meilleurs amis du monde. Il lui donna ses livres à lire, et fut son professeur de français. Il cultiva son esprit et son cœur, et la jeune fille fit des progrès sensibles dans l'un et dans l'autre. Malheureusement pour Marie, William produisit une impression tout aussi favorable sur les femmes et les jeunes filles de l'endroit que sur elle, ayant eu l'occasion de se distinguer dans plusieurs circonstances. Il avait écrit quelques poésies, et une romance bien séduisante pour les lectrices des romans de Bulwer. En somme, il était moralement sûr, selon toutes les règles de l'évidence, que s'il lui avait plu de rendre une douzaine de visites par semaine à une demoiselle du village, elle l'eût accueilli avec la plus grande faveur.

William rendit des visites, car, comme tous les gens studieux, il aimait les distractions du monde; mais, quelle que fût la partie à laquelle il était convié, il revenait toujours avec Marie comme un couple paisible et raisonnable après un an de lune de miel. Il causait avec elle en société en confident habituel, et plus qu'avec toute autre, ce qui ne manquait pas d'éveiller le démon de l'envie dans le cœur de bien des jeunes filles, qui poussèrent assez loin leurs conjectures sur les rapports intimes du cousin et de la cousine.

— Je ne comprends pas comment Marie Taylor peut ainsi rire et plaisanter avec William Barton devant le monde, disait l'une. — Ses manières sont trop libres avec lui, disait une autre. — Il est certain qu'elle a des vues sur lui, ajoutait une troisième. — Et elle ne sait pas même le dissimuler, concluait une quatrième.

Ces propos parvinrent bientôt aux oreilles de madame Abigaïl, qui avait le meilleur cœur du monde, et qui fut indignée contre les envieuses, pensant néanmoins que Marie avait besoin d'être conseillée à ce sujet, et qu'il était de son devoir de lui parler.

Mais elle crut devoir sonder préalablement William sur ses dispositions; en conséquence, le jour même après dîner, pendant qu'il était plongé dans la lecture d'un traité de trigonométrie, elle commença son attaque sur lui.

— Notre Marie devient bien belle fille...

William, qui était absorbé dans la solution d'un problème, et comprenant seulement qu'elle lui disait quelque chose, répondit machinalement : — Oui !

— Un peu étourdie peut-être, ajouta madame Abigaïl.

— Je le sais, dit William fixant ses yeux sur les signes E. F. B. C.

— Vous la trouvez peut-être trop causeuse et trop libre quelquefois avec vous; les filles, vous le savez, ne pensent pas toujours à ce qu'elles font.

— Sans doute, dit William poursuivant ses calculs.

— Je crois que vous feriez mieux de lui en parler, dit madame Abigaïl.

— Je le crois aussi, répliqua William réfléchissant à son travail, qu'il mit dans sa poche, puis il se leva et partit pour son collége.

— Oh! cette malencontreuse préoccupation! Que de mauvaises actions un homme peut endosser par cette manie de répéter oui et non sans comprendre ce qu'on lui dit!

Le lendemain matin, pendant que William était parti à la classe et que Marie était occupée à laver le service du thé, la tante Abigaïl entama la question avec tact et délicatesse en faisant observer :

— Marie, je pense que vous ferez bien de vous montrer moins libre que vous ne l'avez fait jusqu'à présent avec William.

— Libre! s'écria Marie tressaillant et prête à laisser échapper une tasse de ses mains. Que voulez-vous dire, ma tante?

— Je veux dire, Marie, que vous ne devez pas être si libre à causer avec lui quand vous revenez ensemble à la maison, et en société, partout où vous vous trouvez avec lui. Cela ne se fait pas.

Marie, rougissant jusqu'aux yeux, riposta d'un air digne :

— Je n'ai pas été trop libre; je sais ce qui est juste et convenable; je n'ai rien fait ni dit qui ne fût conforme aux bienséances.

Lorsque l'on est bien disposée à donner un conseil, il est très-désagréable de le voir contester à l'origine; madame Abigaïl, qui tenait à son opinion, se sentit piquée, et riposta :

— Vous vous trompez, mademoiselle; tout le monde dans le village l'a remarqué.

— Je m'inquiète peu de ce qu'on dit dans le village, et je ferai toujours ce que je juge convenable, répliqua la jeune fille, je sais que le cousin William ne pense pas cela.

— Et moi, je dis qu'il le pense; d'après quelques paroles qui lui sont échappées...

— Oh! ma tante, que vous a-t-il dit? s'écria Marie renversant une chaise dans sa précipitation pour se tourner vers sa tante.

— Miséricorde! n'allez-vous pas renverser la maison, à présent! Je ne me rappelle pas exactement ce qu'il a dit, sinon que le sens de ses paroles me laissa croire que telle était sa pensée.

— Mais dites-moi tout, ma tante, tout ce qu'il vous a dit, répéta Marie marchant sur les talons de sa tante, qui époussetait les meubles.

Madame Abigaïl, comme tous les gens obstinés qui s'aperçoivent qu'ils ont été trop loin et qui éprouvent de la honte à rétrograder, se réfugia obstinément dans des observations générales, affirmant qu'elle lui avait entendu critiquer ses habitudes.

C'est le meilleur des systèmes pour faire marcher vite et loin une imagination vive et impressionnable. En moins de cinq minutes, Marie avait rassemblé dans son esprit une série d'observations qui eussent pu tout aussi bien s'appliquer à ses compagnes de village qu'à elle-même. Toute improbabilité disparaissait sous la considération absorbante de la possibilité; après quelques minutes de réflexion, elle pressa ses lèvres l'un contre l'autre, et fit observer d'un ton sec que M. Barton n'aurait plus d'occasion de répéter une semblable chose.

Aux vives couleurs qui animaient son teint, à son air imposant, il était facile de reconnaître que son esprit était monté jusqu'à l'héroïsme. La pauvre tante Abigaïl regretta de l'avoir contrariée, et s'appliqua dès lors à réparer le mal qu'elle avait fait.

— Marie, vous pensez bien que William ne voulait pas dire autre chose. Il sait bien que vous n'avez pas d'intention de malfaire.

— Est-il possible, vraiment, je n'ai pas intention de malfaire !

— Il croit sans doute, mon enfant, que vous n'avez pas beaucoup d'expérience des gens et des choses, et si vous avez été un peu...

— Je n'ai rien été du tout... C'est lui qui le premier m'a parlé; c'est lui qui a toujours commencé; il m'a appelée cousine, et c'est mon cousin.

— Vous vous trompez, enfant; car vous vous rappelez que son grand-père était...

— Je ne m'embarrasse pas de ce qu'était son grand-père; il n'a pas le droit de penser de moi comme il le fait.

— N'allez pas lui chercher querelle, Marie; il ne peut s'empêcher de penser...

— Je ne m'inquiète pas de ce qu'il pense, dit Marie s'élançant hors de la chambre les yeux pleins de larmes.

Une jeune personne dans cet état d'affliction commence par s'asseoir dans un coin et pleurer pendant une heure ou deux; c'est ce que fit Marie, tout en réfléchissant sur l'instabilité des amitiés humaines, prenant la résolution de ne jamais se fier à aucun homme pendant toute sa vie, et une foule d'autres pensées plus ou moins tristes. Mais à quoi se résoudre? Comme de juste, elle ne voulait plus dire une seule parole à William; elle souhaitait qu'il ne prît plus sa

pension chez sa tante; et enfin elle prit sous son bonnet la détermination d'aller passer quelques jours chez son autre tante, qui demeurait dans le voisinage, et surtout de ne pas le rencontrer au dîner.

Mais il arriva que M. William, en rentrant pour dîner, dans l'intervalle de ses classes, trouva le repas fort triste, et sachant où était allée Marie, il résolut d'aller la chercher le soir chez son autre tante pour la ramener chez elle.

En conséquence, pendant que Marie était assise dans le salon avec plusieurs de ses cousines, M. William entra.

Marie était si tourmentée de l'envie de paraître indifférente, qu'elle détourna la tête et eut l'air de regarder par la fenêtre pendant que le jeune homme s'avançait pour lui parler. Lorsqu'il eut renouvelé deux fois ses informations sur sa santé, elle se retourna d'un air froid, et lui dit : — Est-ce à moi que vous parlez, monsieur?

William parut d'abord un peu surpris, mais s'asseyant auprès d'elle : — Sans doute, dit-il, et je venais savoir pourquoi vous vous êtes sauvée sans rien me faire dire.

— Cela ne m'est pas venu à l'idée, dit Marie du ton d'une personne qui veut dire : Je vous serai obligée de ne plus m'adresser la parole. William trouva bien quelque différence dans sa manière de parler, mais il crut s'être trompé, et continua :

— Voyez quel dommage que vous soyez si indifférente pour moi aujourd'hui, lorsque j'ai si bien pensé à vous! J'ai fait le chemin tout exprès pour vous voir.

— Je regrette que vous vous soyez donné cette peine, dit Marie.

— Cousine, vous n'êtes pas bien aujourd'hui, dit William.

— Non, monsieur, fit-elle continuant de coudre.

Il y avait une intention assez marquée dans tout ceci pour tirer William de son erreur. Il s'éloigna, et vint entamer la conversation avec une autre jeune fille; et Marie, pour montrer qu'elle aussi pouvait parler si tel était son plaisir, se mit à raconter à ses cousines une histoire qui les fit toutes rire aux éclats.

— Marie est dans ses jours de folie, dit son oncle, qui se rapprocha du groupe des jeunes filles.

William la regarda. Jamais elle ne lui avait paru plus belle et plus spirituelle, et il songea que sa cousine Marie pourrait aussi, si elle le voulait, troubler le cœur d'un homme.

Il se détourna, et commença avec le vieux M. Harper une dissertation sur l'élévation des grains, sujet qui exigeait sans doute de profonds calculs, car jamais il n'avait semblé plus grave, pour ne pas dire plus triste.

Marie lança un coup d'œil dans sa direction, et fut frappée de l'expression presque sévère de sa physionomie pendant qu'il écoutait les détails de M. Harper; elle était convaincue qu'il n'en comprenait pas un mot.

— Je n'ai jamais eu l'intention de blesser son cœur, dit-elle se radoucissant tout à coup. Après tout, il a été très-bon pour moi; mais il aurait pu m'adresser ses observations à moi, et à nulle autre. Et elle adressa un second regard de son côté.

William ne parlait pas, et restait assis, immobile, les yeux fixés sur le porte-mouchettes, avec une gravité de regard qui la troubla tout à fait, et elle ne put s'empêcher de se blâmer de nouveau.

— Bien sûr, ma tante avait raison, il ne pouvait arrêter ses pensées, je m'efforcerai d'oublier cela, pensait-elle.

Il ne faut pas croire que Marie restait tranquille et réfléchie pendant ce soliloque. Non, elle riait et parlait; la personne en apparence la plus indifférente de toute la chambre. La soirée se passa ainsi jusqu'à ce que la petite société se sépara.

— Je suis prêt à vous reconduire, dit William d'un ton froid et avec une politesse presque hautaine.

— Je vous suis très-obligée, dit la jeune personne avec autant de froideur, mais je resterai la nuit ici. Puis, changeant subitement de ton, elle dit : Non, je ne puis y tenir plus longtemps; je retournerai avec vous, cousin William.

— Tenir quoi? dit William avec étonnement.

Marie alla mettre son chapeau, revint, prit le bras de William et partit avec lui.

— Vous m'avez conseillé d'être franche, cousin, dit-elle à moitié chemin, je veux l'être avec vous, et je vous dirai tout, bien que cela soit, je le crains, contraire aux usages.

— Tout quoi? dit William.

— Mon cousin, dit-elle sans s'arrêter à sa question, j'étais très-vexée cette après-midi.

— Je m'en suis aperçu, Marie.

— C'était vexant tout de même, continua-t-elle, bien qu'après tout nous ne puissions nous attendre à ce que l'on nous trouve parfaites; mais je n'ai pas trouvé que ce fût bien à vous de ne me rien dire.

— Vous dire quoi, Marie?

Ils étaient arrivés à un endroit où la route traversait un petit bouquet de bois vert ombragé et animé par le clapotement d'un ruisseau. Une racine d'arbre garnie de mousse formait un siège naturel qui invitait au repos. Le clair de lune y répandait une lueur douce à travers le feuillage des arbres. C'était un lieu de solitude et de repos; Marie vint s'y asseoir pour rassembler ses idées. Elle ramassa une branche sèche, et l'agitant dans l'eau, elle commença :

— Après tout, cousin, il était assez naturel que vous dissiez votre pensée, bien que je n'eusse jamais cru vous avoir donné une telle opinion de moi.

— Avant tout, je serais bien aise de savoir ce dont il s'agit, dit William d'un ton de patiente résignation.

— J'oubliais que je ne vous ai rien dit, reprit-elle rejetant en arrière son chapeau et parlant comme si elle était déterminée d'en finir. Mon cousin, on m'a dit que vous me reprochiez d'être plus libre avec vous que je ne devrais l'être. Et maintenant, ajouta-t-elle les yeux brillants et animés, vous voyez que ce n'était pas chose aisée à vous dire; mais j'ai commencé par être franche, et je veux l'être jusqu'à la fin pour ma propre satisfaction.

À cela, William se contenta de poser cette question : — Qui vous a dit cela, Marie?

— Ma tante.

— Vous a-t-elle dit que je lui ai exprimé cette opinion?

— Oui; et je ne vous blâme pas tant de l'avoir dit que de l'avoir pensé, car vous savez que je ne me suis pas imposée à votre attention; c'est vous qui avez recherché ma société et gagné ma confiance; et dire que vous plus que tous les autres vous ayez ainsi pensé de moi !

— Je n'ai jamais eu cette opinion de vous, Marie, dit paisiblement William.

— Et vous ne l'avez jamais exprimée?

— Jamais. Vous eussiez pu en être assurée, Marie.

— Mais...

— Mais, dit William avec fermeté, la tante Abigaïl se trompe bien certainement.

— J'en suis bien contente, dit Marie paraissant soulagée d'un grand poids et les yeux fixés sur le ruisseau. Puis, regardant son cousin avec sincérité : Vous ne devez jamais penser cela de moi; je n'ai jamais eu d'autre amitié pour vous que celle d'une sœur.

— Êtes-vous certaine de ne jamais éprouver un autre sentiment si mon bonheur en dépendait?

Elle se retourna pour le regarder, et rencontra un regard qui mit la conviction dans son âme. Elle se leva pour continuer sa route, mais sa main s'arrêta dans celle de son cousin..... et..... ce fut la première et la dernière difficulté qui s'élevât jamais entre eux deux.

<hr>

FRANCHISE.

Il existe une sorte de franchise qui est le résultat d'absence complète de soupçon, et qui exige une entière ignorance du monde et de la vie; cette espèce qui fait appel à notre générosité et à notre tendresse. Puis vient la franchise d'un esprit fort, mais pur, connaissant la vie, claire dans ses distinctions, droite dans ses intentions, et au-dessus de tout déguisement ou mensonge; cette sorte inspire le respect. La première semble ne procéder que par instinct, la seconde de l'instinct et de la réflexion réunis; la première procède en partie de l'ignorance, la seconde du savoir; la première prend naissance dans une confiance illimitée dans les autres, la seconde se fonde sur une confiance éprouvée en soi-même.

On disait d'Alice H... qu'elle avait l'esprit d'un homme, le cœur d'une femme et le visage d'un ange, combinaison que mes lecteurs trouveront sans doute fort heureuse.

Jamais femme ne fut moins ressemblante à la société en général dans ses opinions et dans ses actes, et nulle ne fut plus généralement populaire. Mais la qualité la plus remarquable en elle était sa supériorité orgueilleuse sur toute dissimulation, de pensée, de parole ou d'action. Elle plaisait, car elle divulguait une quantité de choses que vous eussiez tenues secrètes, et les révélait avec une assurance digne qui vous faisait mettre en question pourquoi vous hésitiez à les révéler vous-même. C'était l'intégrité calme et bien dirigée par un sentiment juste et profond des convenances, sachant se taire, ou dire la vérité lorsqu'il fallait parler.

Sa franchise extraordinaire trompait souvent les observateurs superficiels qui croyaient connaître à fond son véritable caractère, lorsqu'ils n'en avaient que les prémices; comme on dit que la transparence de la laque trompe l'œil sur son épaisseur; et pourtant plus on la connaissait, plus le médium transparent de son caractère présentait de circonvolutions et de variétés. Mais libre à vous de rendre visite ce soir pour une demi-heure à mademoiselle Alice et de la juger par vous-même. Entrez dans ce petit salon. La voilà assise sur ce sofa et cousant une paire de manches de blonde dans un costume de satin, emploi particulièrement angélique dans lequel elle persévérera jusqu'à ce que nous ayons achevé une autre esquisse.

Voyez-vous cette jolie fille, aux yeux étincelants, à la taille souple, mains et pieds divins, qui est assise de l'autre côté? c'est une coquette; le caractère en est peint sur son visage; il étincelle dans ses yeux; il se cache dans son sourire et prédomine dans toute sa personne.

Mais Alice s'est levée pour se poser devant la glace et arranger les plus beaux cheveux du monde de la manière la plus gracieuse. La jolie fille, de l'autre côté, guette chaque mouvement avec autant de comique qu'un petit chat guette une pelote de fil.

— Vous auriez tort de le nier, Alice, vous éprouvez la plus grande envie de paraître jolie ce soir, dit-elle.

— Je le suis, sans aucun doute, répliqua paisiblement Alice.

— Ah! et vous espérez plaire à MM. A. et B.? dit le petit ange accusateur.

— Sans aucun doute, je l'espère, dit Alice passant ses doigts dans une boucle de cheveux.

— Je le penserais, que je ne voudrais pas le dire, Alice.

— Alors, il ne fallait pas me le demander.

— Je déclare, Alice...

— Voyons, que déclarez-vous?

— Que je n'ai jamais connu de fille comme vous.

— C'est bien possible, dit Alice en se baissant pour ramasser une épingle.

— Pour ma part, dit la petite personne, je ne prendrai jamais la peine de me faire aimer par quelqu'un, particulièrement par un gentilhomme.

— Je la prendrais, dit Alice, s'ils ne voulaient pas m'aimer sans cela.

— Je ne vous savais pas, Alice, si avide d'admiration.

— J'aime beaucoup être admirée, dit Alice retournant prendre place sur le sofa, et je pense que tout le monde est comme moi.

— Je ne tiens pas à l'admiration, dit la petite demoiselle, je serais aussi satisfaite que l'on m'aimât ou que l'on ne m'aimât pas.

— En ce cas, cousine, c'est vraiment dommage que nous vous aimions tant, dit Alice avec un sourire de bonne humeur. Miss Alice avait beaucoup de pénétration, mais elle n'en faisait jamais un sévère usage.

— En vérité, ma cousine, je n'aurais jamais cru qu'une fille comme vous ne songeât qu'à sa toilette et à se faire admirer.

— Je ne sais pour quelle sorte de fille vous me prenez, dit Alice; mais, pour ma part, je ne prétends être qu'une fille ordinaire, et sans avoir de honte d'éprouver des sentiments humains. Si Dieu nous a ainsi faites, que nous dussions aimer l'admiration, pourquoi n'en conviendrions-nous pas honnêtement? Je l'aime; vous l'aimez comme les autres, où est le mal d'en convenir?

— Sans doute, dit la petite jeune personne; je présume que tout le monde professe un amour général pour l'admiration. Je reconnaîtrais volontiers que je l'éprouve moi-même; mais vous ne l'aimez pas en particulier; c'est là sans doute ce que vous voulez dire, c'est ainsi que l'on décide toujours la question. Tout le monde est bien disposé pour reconnaître un désir général pour la bonne opinion des autres, mais la moitié du monde a honte d'en convenir lorsqu'il s'applique à un cas particulier. Or, j'ai trouvé dans mon jugement que céder est naturel pour tous, il doit l'être aussi en particulier; c'est pourquoi je le maintiens des deux côtés.

— Mais cela me paraît mesquin! dit la petite jeune personne.

— C'est mesquin en effet, et trivial, de vivre pour être admirée; mais il n'est pas vil d'en jouir lorsque vient l'admiration, ou même de la rechercher, si en faisant cela nous ne négligeons pas des intérêts plus chers. Tous les sentiments que Dieu a mis en nous sont purs et honorables, jusqu'à ce que nous les pervertissions.

— Mais, Alice, je n'ai jamais entendu personne parler avec autant de franchise que vous.

— On peut divulguer en toute franchise tout ce qui est innocent et naturel; tout ce qui ne l'est pas, on ne devrait pas le penser. Nous avons un instinct qui nous commande quelquefois de nous taire; mais si nous devons parler, que ce soit en toute sincérité et franchise.

— Permettez-moi de vous demander, Alice, si vous croyez que vous êtes belle?

— Vous n'attendez pas que je fasse la révérence devant chaque chaise avant de vous répondre, dit Alice; mais si vous me dispensez de cette cérémonie, je vous dirai franchement que je le crois.

— Croyez-vous être bonne?

— Pas tout à fait, dit Alice.

— Mais ne pensez-vous pas que vous valez mieux que bien des gens?

— Autant que je puis dire, je crois que je vaux mieux que de certaines gens; mais, en vérité, cousine, je ne m'en rapporte pas à mon propre jugement là-dessus.

— Encore une question, Alice : laquelle de nous deux pensez-vous que James Martyn aime le mieux?

— Je ne sais.

— Je ne vous demande pas ce que vous savez, mais ce que vous pensez, car vous devez y avoir pensé quelquefois.

— Alors, je pense qu'il me préfère, dit Alice.

Au même instant la porte s'ouvrit, et le susdit James Martyn entra dans la chambre. Alice rougit, parut un peu confuse, et continua de coudre, tandis que la petite jeune personne commença ainsi :

— En vérité, monsieur James, si vous étiez venu une minute plus tôt, vous eussiez entendu la confession d'Alice.

— Qu'a-t-elle donc confessé? demanda James.

— Qu'elle est plus belle et meilleure que bien des gens.

— Il n'y a pas là de quoi avoir honte, dit James.

— Oh! ce n'est pas tout, elle veut paraître jolie; elle aime d'être admirée, et tout...

— Tout cela lui ressemble parfaitement, dit James regardant Alice.

— Mais, de plus, elle vient de prêcher un sermon pour la justification de la vanité et de l'amour-propre.

— La prochaine fois, il faudra prendre des notes quand je prêcherai, dit Alice; car je ne crois pas que votre mémoire soit remarquablement heureuse.

— Vous voyez, James, qu'Alice se fait un point d'honneur de dire l'exacte vérité quand elle se décide à parler, et je l'ai embarrassée de questions. Je voudrais bien que vous lui en adressassiez quelques-unes, pour voir ce qu'elle vous répondrait; mais voici mon oncle qui vient me chercher pour faire une promenade en voiture, j'y cours. Et la linotte s'envola, laissant James et Alice en tête-à-tête.

— Il y a en vérité une question, dit James éclaircissant sa voix.

Alice le regarda.

— Il y a une question, Alice, à laquelle je voudrais bien que vous me répondissiez.

Alice ne voulut pas savoir quelle était cette question; mais elle commença de prendre un air grave, et dans ce moment même la porte se referma; de sorte que je ne pus jamais savoir la question pour laquelle James, l'ami d'Alice, voulait obtenir un éclaircissement.

SENSIBILITÉ.

Il existe plusieurs manières d'étudier la nature humaine. L'une considère les hommes comme autant d'instruments pour l'accomplissement d'un plan invisible. Une autre ne les envisage que comme une galerie de tableaux, bonne à tomber en admiration devant tout ce qui est beau, ou pour faire rire devant les caricatures. Enfin une autre manière les considère comme des êtres humains ayant des cœurs qui peuvent souffrir et jouir, satisfaits ou ruinés; comme ceux qui nous sont attachés par des influences réciproques et mystérieuses, par les dangers communs d'une même existence et les liens incertains d'une vie future, comme ayant droit, lorsque nous les rencontrons, à notre aide et à nos sympathies.

Ceux qui adoptent le dernier principe s'intéressent aux êtres humains non-seulement par l'attrait qu'ils présentent, mais par leurs capacités comme des êtres intelligents : par une haute croyance de l'existence immortelle où peuvent atteindre les esprits; par les inquiétudes des tentations et des dangers du monde, et par le sentiment des erreurs et des fautes qui menacent la ruine. Les deux premiers systèmes sont adoptés par le plus grand nombre; le dernier appartient à ces rares étoiles éparses dans le ciel de la vie, qui vont scruter les profondeurs de l'égoïsme pour rappeler à notre mémoire qu'il existe un monde de lumière et d'amour.

C'est à cette classe qu'il appartient, celui dont l'entrée dans ce monde et sa sortie furent pour la guérison des âmes; à cette même classe ont appartenu des esprits purs, dévoués comme lui, brillant pour consoler; comme lui, remontant au ciel. A cette classe désirent appartenir bien des gens qui ont la vue assez bonne pour reconnaître l'essence divine de la vertu, sans avoir le courage d'y atteindre; qui, tout en suivant le torrent égoïste de la société, regrettent qu'elle ne soit pas meilleure, qu'eux-mêmes ne lui soient pas supérieurs.

Bien que cet ordre de pensées n'ait pas une application directe à ce qui va suivre, il nous fut suggéré néanmoins par les conséquences, et d'autres sont appelés à juger le rapport qui existe.

Jetez un coup d'œil dans cette classe. Nous sommes dans une chaude après-midi du mois de juillet; il y a à peine assez d'air pour agiter les feuilles de l'arbre planté devant la porte, ou pour soulever les feuillets du cahier placé devant la fenêtre; le soleil brille à travers les vitres, sans rideaux, depuis trois heures, sur ces pupitres barbouillés d'encre, et sur ces bancs boiteux et vermoulus, et sur ce grand fauteuil où siége l'autorité.

On entend à peine autour de la porte le quoui quoui de quelques poulets du voisinage, qui cherchent parmi les paniers les mies de pain du repas de midi. Par un hasard étrange, l'école, si bruyante d'ordinaire, est silencieuse, parce qu'à la vérité, il fait trop chaud pour s'agiter. Rien ne viendra troubler notre méditation physiologique, car on n'entend ni le battement de ces petits cœurs, ni le bourdonnement de tant de pensées.

Cherchons autour de nous quel est le plus intéressant de tous ces petits êtres. Est ce ce grand et svelte garçon, aux yeux noisette, calculant avec son œil de faucon, les coudes appuyés sur son livre, comment il fixera son piége à écureuil sur cet arbre là-bas, quand la classe sera finie? ou ce petit fripon tout frisé, qui se tient les côtés de rire parce qu'il a vu un poulet s'introduire dans l'un des paniers? ou ce rusé garçon aux longs cils noirs, dont deux fossettes malicieuses creusent les joues, qui est occupé à fixer un hameçon aux deux bas-

ques de l'habit du maître, et qui prend un air grave comme Archimède chaque fois que le maître tourne la tête de son côté? Non, ils sont intelligents, beaux; mais ce n'est pas ce que nous cherchons.

Peut-être serait-ce cette petite fille heureuse avec ses tresses d'or, et une petite bouche comme un bouton de rose entr'ouvert? Voyez! le petit dé de cuivre est tombé à terre; son ouvrage glisse de ses genoux; ses yeux bleus se ferment comme deux violettes paresseuses; sa petite tête s'incline et tombe sur l'épaule de sa sœur. Pour sûr, c'est elle? Non, ce n'est pas elle.

Regardez dans ce coin? Ne voyez-vous pas ce garçon à la physionomie sombre, vague, mais avec toutes les mauvaises dispositions? Il ne fait rien, et rarement on le voit travailler. Il est bourru et sombre dans ses regards comme dans ses mouvements. Il n'a jamais montré plus d'aptitude pour dire ou faire quelque chose de bien que ses cheveux n'en ont montré pour friser.

On le gronde et on le punit régulièrement tous les jours, et plus il est puni, plus il devient méchant. Aucun des garçons ni des filles de l'école ne veut jouer avec lui, on a toujours à s'en repentir. Tous les jours le maître lui répète qu'il ne sait que faire de lui, qu'il lui donne à lui seul plus de mal que tous les autres garçons. C'est à cet enfant que je donnerai la définition du plus intéressant.

Il est intéressant parce qu'il ne plaît pas; parce qu'il a de mauvaises habitudes; parce qu'il fait mal; parce qu'il paraît devoir toujours malfaire. Il est intéressant parce qu'il est devenu ce qu'il est par suite du même tempérament qui produit souvent les plus nobles vertus, l'excès de sensibilité. C'est cette finesse de sensibilité qui a donné à sa physionomie cette expression de tristesse et de morosité.

Il n'a ni père ni mère; mais il possède de bons parents; et pour nous servir du langage de compassion de la charité mondaine, on peut dire de lui qu'il n'aurait à se plaindre de rien s'il voulait seulement se bien conduire.

La petite sœur est toujours gaie, vive et agréable; et ses parents disent de lui : Pourquoi n'est-il pas comme sa sœur? ils sont tous deux dans les mêmes circonstances. Erreur! ils diffèrent sur un point : il a un esprit qui pense et réfléchit, et se souvient de tout ce qui l'affecte, ne réprouve que peu de chose et ne se souvient de rien. Si vous le blâmez, il s'exaspère, il s'attriste et ne peut l'oublier. Si vous la grondez, elle conviendra aussitôt de ses torts, et tout sera oublié. Son esprit ne saurait se blesser plus que ce petit ruisseau où elle aime à aller jouer. L'eau transparente se referme, et rit et murmure comme avant.

Quel est de ces deux tempéraments le plus désirable? C'est ce qu'il est difficile de dire. La force de la sensibilité est nécessaire à tout ce qu'il y a de noble dans l'homme, et pourtant elle renferme les plus grands hasards. Ceux qui prennent le bonheur à la surface brillante des choses en conservent un peu, si peu que ce soit, avec plus de certitude. Ceux qui plongent dans les eaux profondes de la sensibilité ramèneront à la surface des perles et des diamants, ou seront pour jamais engloutis.

Le samedi venu, la classe est terminée. Qui se souvient des brillants projets du samedi? — Où allez-vous? — Viendrez-vous me voir? — Nous allons à la pêche. — Et nous, chercher des fraises. Voilà ce qu'on entend de tous côtés. Mais personne ne veut se hasarder du côté du méchant James, et les amies de la sœur souhaiteraient que James ne fût point avec elle. Il voit chaque mouvement de répulsion; il observe, devine les mots dits à l'oreille; il soupçonne ce qu'il ne devine pas, et rentre à la maison plus sombre et d'humeur plus chagrine qu'il n'était auparavant. Le monde n'est que ténèbres pour lui, personne ne l'aime, — et on lui dit que c'est de sa faute, ce qui le rend encore plus maussade.

Quand la petite partie s'est rassemblée, il est là, soupçonneux, irritable, et bientôt évincé. Il s'appuie sur la grille du jardin, regardant les joyeux groupes danser en rond ou jouant à la poupée au pied d'un arbre; il voudrait alors se montrer différent, mais il ne sait que faire pour atteindre ce but. Ses regards se portent autour de lui, où tout est gai et fleuri; son morceau de jardin est plus joli, plus fourni qu'avant, une fleur nouvelle s'épanouit sur son rosier.

Le chat joue et saute avec Hélène dans les allées et au milieu des fleurs, et les oiseaux chantent dans les arbres, et la brise légère caresse sur sa joue la fleur parfumée du pois de senteur. Toute la nature paraît en fête, lui seul se trouve misérable.

Changeons la scène. Pourquoi cette foule rassemblée est-elle silencieuse, attentive? Qui parle donc là? C'est notre héros, l'écolier inconsolable; mais ses yeux pétillent d'intelligence, son visage est animé par l'émotion, sa voix résonne comme un instrument, et tous les esprits sont séduits.

Ailleurs, le jeune enthousiaste admire un splendide coucher de soleil. Il est silencieux, ravi, heureux; il sent la poésie que Dieu a écrite partout; il en est touché comme Dieu voulut que l'esprit sensible fût touché.

Ailleurs, il veille au chevet d'un malade, et c'est un bonheur de posséder un tel gardien. Prévoyant tous les besoins, soulageant les maux non plus d'un air froid et dénué d'intérêt, mais avec la vive perception, la tendresse, la douceur d'un ange.

Si vous le suivez au cercle de l'amitié, pourquoi inspire-t-il tant d'amour et de confiance? Pourquoi vient-on lui confier à lui seul ce que l'on cache aux autres? C'est parce qu'il sait comprendre, apprécier et se laisser toucher.

Et lorsque le ciel ouvrira ses portes de lumière, lorsque la science, la pureté passent du regard dans l'âme, qui cherchera-t-on ensuite pour celui qu'il vaut mieux envier? celui qui *n'éprouve rien*, ou celui qui est *sensible*?

LA COUTURIÈRE.

Celui qui vit des bras ou de l'intelligence,
L'indigent seul conçoit les maux de l'indigence;
Le riche paresseux a toujours ignoré
De quels soucis mordants le cœur est dévoré.

L'or n'a point de pitié; les fils de l'opulence,
Dont sur le fin duvet se berce l'indolence,
Ne se demandent point quelle fatigue abat
Le travailleur qui dort sur un rude grabat.

Lorsqu'en un char roulant l'oisif vient à paraître,
L'ouvrier pour le voir se penche à la fenêtre;
Et puis, se rasseyant triste et le front baissé,
Il reprend aussitôt l'ouvrage commencé.

J.-E. L.

Si belle et si élevée au point de vue du sentiment que soit la poésie de cet écrivain accompli, nous pouvons n'avoir jamais rien lu de la même source qui donnât d'elle une plus haute opinion que la petite ballade d'où nous avons tiré les stances qui précèdent.

Elles dénotent chez l'auteur non-seulement la science des besoins imaginaires des hommes, mais celle des plus pressants et des plus essentiels, que les oisifs et les poëtes sont souvent les derniers à apprécier. Les souffrances de la pauvreté ne sont pas circonscrites aux seules créatures hâves, faites aux privations, toujours prêtes à tendre la main pour recevoir la charité d'où qu'elle vienne. Il existe une autre classe sur laquelle elle pèse avec plus de force. C'est cette classe d'êtres généreux, modestes, se respectant assez pour supporter leur sort en silence, supportant tout, espérant tout de l'avenir, et prêts néanmoins à endurer de nouveaux maux plutôt que de laisser échapper un mot de plainte, ou de s'avouer à eux-mêmes qu'ils sont impuissants à subvenir aux premiers besoins de la vie.

Arrêtez-vous avec moi à la porte de cette petite chambre, dont la fenêtre étroite donne sur une petite cour; elle est habitée par une veuve et sa fille, qui n'ont d'autre ressource que leurs travaux d'aiguille pour vivre et traverser les écueils de ce monde. Le mobilier comprend exactement les objets de la plus stricte nécessité, et il n'y a pas un article dont le prix n'ait été débattu longtemps et longtemps encore avant qu'il fût jugé indispensable. Tout était rangé et distribué avec goût, et il n'y avait pas un objet du plus riche mobilier qui fût préservé avec autant de sollicitude de toute tache ou écornure, que l'était ce bureau si bien verni, cette jolie table à thé en cerisier, et le bois du lit. Le parquet avait été jadis recouvert d'un tapis entier; mais le temps l'avait ravagé, enlevant un morceau d'un côté, mettant de l'autre la corde à découvert; et malgré les nombreuses reprises que des mains infatigables y avaient réunies, la vétusté gagnait tous les jours du terrain.

Mais tout est brossé, soigné, tiré à quatre épingles. Le petit buffet brille dans son coin, contenant quelques tasses de porcelaine et une ou deux cuillers antiques, vieux débris de jours meilleurs, rangées avec une jalouse précision. Les rideaux de mousseline sont d'une blancheur sans égale, empesés et froncés avec la plus grande précision. Sur le bureau sont rangés quelques livres et autres souvenirs de l'ancien temps, ainsi qu'une miniature passée, qui semblait plus précieuse à la pauvre veuve que tout ce qui garnissait la chambre.

Madame Ames est assise dans un vieux fauteuil garni d'un coussin; elle est occupée à préparer de l'ouvrage pour sa fille, frêle et maladive enfant, assise près de la fenêtre, et très-appliquée sur une pièce de toile fine.

Madame Ames avait été jadis la femme d'un respectable marchand, et mère d'une famille qui l'aimait; mais la mauvaise fortune l'avait accablée coup sur coup avec un acharnement incroyable, semblable plutôt au sombre décret d'un destin impitoyable qu'aux procédés ordinaires d'une Providence miséricordieuse. Le malheur entra dans la maison par des pertes successives d'argent, et un ralentissement dans les affaires, suivis de longues et coûteuses maladies, et de la mort de plusieurs enfants. On fut obligé de vendre la grande maison et son élégant ameublement, pour se réduire à un style plus humble et plus modeste; et enfin, sensiblement, tout le reste fut vendu pour abandonner un ingrat pays, et pour tenter la fortune dans un nouveau. Mais à peine la famille émigrante avait-elle touché le port d'une terre étrangère, que le père mourut, laissant sa veuve éplorée et découragée, presque sans ressources, regagner le pays natal, où il lui restait au moins quelques amis.

Lorsqu'elle fut arrivée au terme de son voyage, elle se trouva bien-

tôt non-seulement sans ressources, mais ayant contracté des dettes qu'elle ne pouvait payer. Elle affronta avec résignation les rigueurs de sa situation. Ses filles, délicatement élevées et soignées, furent placées en service, et madame Ames chercha un emploi de garde-malade. Bientôt la plus jeune de ses filles tomba malade, et toutes les économies de la mère furent dépensées pour la soigner. Bien qu'elle se rétablît un peu, son médecin la déclara atteinte d'une maladie incurable.

Cependant, aussitôt que sa fille fut assez rétablie pour se passer de ses soins immédiats, madame Ames reprit son laborieux emploi. Elle était à grand'peine parvenue à payer les dettes contractées pour ce voyage, et à meubler la petite chambre que nous venons de décrire, qu'elle tomba malade elle-même. Trop courageuse pour céder aux premiers symptômes de la souffrance, elle continua son travail jusqu'à ce qu'elle fut complètement épuisée; elle fut donc réduite, en dernier ressort, à vivre du travail d'aiguille dû à sa propre habileté et à celle de sa fille.

Madame Ames est assise pour la première fois depuis huit jours à son ouvrage; à peine a-t-elle assez de force pour travailler, mais elle s'est souvenue que l'époque du loyer approche, et, malgré sa faiblesse, elle emploiera tout son courage afin de remplir ses engagements avec exactitude.

Exténuée enfin de couper, de mesurer et de tirer des fils, elle se renverse sur sa chaise, et ses yeux s'arrêtent sur les traits pâles et fatigués de sa fille, qui travaille depuis de longues heures à un ouvrage difficile.

— Hélène, mon enfant, ne travaillez pas avec tant d'ardeur, vous avez mal à la tête.

— Pas beaucoup, ma mère, répliqua-t-elle trop consciencieuse pour démentir la fatigue de ses traits. Pauvre enfant! fût-elle restée dans la position qu'elle avait en naissant, elle sauterait et jouerait comme les jeunes filles de son âge; mais il n'y a plus pour elle de choix d'occupation ou de jeunes compagnes, plus de visites, plus de promenades au grand air. Soir et matin travail sans relâche, maux de tête, points de côté, il faut tout endurer. Tous les jours, il faut accomplir la même tâche uniforme. Quelle monotonie pour une fille de quinze ans!

Mais la porte s'ouvre; le visage de madame Ames s'éclaircit en voyant entrer sa seconde fille. Marie est placée domestique dans une famille du voisinage, où sa fidélité et son obéissance lui ont valu d'être considérée plutôt comme une enfant de la maison que comme une servante.

— Ma mère, voici l'argent de votre loyer, dit-elle en entrant; ainsi donc, mettez un peu votre ouvrage de côté, et reposez-vous. Je puis en amasser encore assez pour le prochain terme.

— Chère enfant! Je voudrais au moins que vous songeassiez à vous acheter quelque chose pour vous, dit madame Ames. Je ne puis consentir à absorber vos gages comme je l'ai fait depuis quelque temps, ainsi que pour ceux d'Ellen; il vous faut une robe pour le printemps, et le chapeau que vous portez n'est plus convenable.

— Il est encore bon, ma mère; j'y ai adapté mon calicot bleu, et vous serez surprise de voir comme il est bien arrangé. Ma meilleure robe, lorsqu'elle sera lavée et repassée, ira bien encore quelque temps. Et puis madame Grant m'a fait cadeau d'un ruban qui fera très-bien sur mon chapeau. Aussi, ajouta-t-elle, je vous ai apporté du vin, vous savez que le docteur vous l'a ordonné.

— Ma pauvre fille, je voudrais vous laisser prendre quelques adoucissements avec l'argent que vous gagnez.

— J'éprouve plus de satisfaction à vous aider, ma mère, qu'à porter les plus beaux habits du monde.

Deux mois après cette scène d'intérieur, la pauvre famille se trouvait plus gênée que jamais. Madame Ames avait été alitée tout le temps, et Ellen avait dû suspendre son ouvrage pour lui donner des soins. Les gages de Marie s'épuisèrent aussi vite qu'elle les gagnait, et bientôt elle fut de deux mois en avance.

Madame Ames était un peu mieux depuis un ou deux jours, et elle s'était levée pour user le peu de forces qu'elle possédait à achever des chemises qu'on lui avait donné à faire.

— L'argent payera le loyer, dit-elle; et si nous pouvons en faire encore un peu cette semaine...

— Ma chère maman, vous êtes si fatiguée! dit Ellen; recouchez-vous, je vous en prie, et prenez du repos jusqu'à mon retour.

Ellen sortit et se dirigea vers une élégante habitation, dont les rideaux doubles de damas et de mousseline qui pendaient aux fenêtres accusaient l'aisance.

Madame Elmon était assise dans son salon, splendidement meublé, entourée d'articles et d'objets de fantaisie que deux jeunes filles déroulaient devant elle.

— Quelle jolie écharpe rose! dit l'une la jetant sur ses épaules et s'avançant devant une glace, tandis que l'autre s'écriait:

— Regardez donc, maman, ces mouchoirs de poche, quelle jolie valenciennes!

— Mesdemoiselles, dit madame Elmon, ces mouchoirs sont d'une rare extravagance, je m'étonne que vous insistiez pour les garder.

— Mais, maman, tout le monde en porte aujourd'hui; Laura Seymour en a une demi-douzaine qui coûtent plus cher que ceux-ci, son père n'est pourtant pas si riche que le nôtre.

— Enfin, plus ou moins riche, dit madame Elmon, la différence n'est pas grande, et nous n'avons pas la moitié autant d'argent disponible que lorsque nous occupions la maison de Spring street. Le nouvel ameublement de cette maison, et tous les objets dont vous autres filles et garçons vous prétendez avoir absolument besoin, nous font plus pauvres que nous ne l'étions alors.

— Madame, voici la fille de madame Ames, qui vous apporte de la lingerie, dit un domestique.

— Faites entrer.

Ellen s'avança timidement, et présenta son ouvrage à madame Elmon, qui l'examina minutieusement, car elle avait la prétention de travailler elle-même dans la perfection. Mais bien que le travail eût été fait par de faibles mains et des yeux fatigués, madame Elmon ne put rien y trouver à redire.

La rose thé.

— Allons, c'est assez bien fait, dit-elle ; combien votre mère demande-t-elle ?

Ellen présenta un papier soigneusement plié, et qu'elle avait écrit pour sa mère.

— Je trouve ces prix très-élevés, dit madame Elmon, qui ne songeait qu'au vide momentané de sa bourse ; tout devient actuellement si cher qu'il n'y a presque plus moyen de vivre.

Ellen jeta un coup d'œil éloquent sur les articles de futilité qui encombraient le salon.

— Ah ! fit madame Elmon, vous croyez peut-être que dans notre situation de fortune nous n'avons pas besoin d'économie ? Pour ma part, j'en éprouve tous les jours la nécessité.

Elle tendit à Ellen la petite somme, qui ne payait pas le quart du travail de l'un des mouchoirs, mais au delà de laquelle sa mère malade et elle n'avaient rien à prétendre.

— Tenez, ajouta-t-elle, dites à votre mère que j'aime beaucoup sa manière de travailler, mais que mes moyens ne me permettront pas de la conserver, si je trouve quelqu'un qui puisse travailler à meilleur marché.

Madame Elmon n'avait pas le cœur dur ; si Ellen se fût présentée comme une mendiante pour solliciter des secours en faveur de sa mère malade, madame Elmon eût rempli pour elle un panier de provisions, accompagné d'une bouteille de vin et d'un paquet de hardes ; mais la vue d'une note ou d'un mémoire éveillait toujours en elle les instincts rapaces d'une éducation égoïste. Elle n'avait jamais eu l'ombre d'une idée qu'il était de son devoir de payer pour un ouvrage plus cher que le prix rigoureusement débattu ; elle pensait, au contraire, qu'il était de son devoir d'économie de laisser prendre le moins possible. Lorsqu'elle vivait avec ses filles dans Spring street, elles employaient leur temps à la maison à des ouvrages de couture. Mais depuis qu'elles s'étaient installées dans une plus grande maison,

avec équipage et grand train de domestiques, ses filles trouvaient qu'elles avaient trop d'occupations pour passer leur temps à coudre pour elles-mêmes, bien moins encore pour leur père ou leurs frères ; et leur mère avait trop à faire à surveiller son nombreux domestique et l'entretien du mobilier pour s'occuper de couture. Mais madame Elmon trouvait qu'il était de son devoir de la faire faire au meilleur marché possible, et malgré cela de la manière la plus parfaite.

On ne pouvait accuser madame Elmon d'oubli de charité pour les pauvres ; mais il ne lui était jamais venu à la pensée que la classe la plus intéressante des pauvres est celle qui n'implore jamais la charité. Elle ne réfléchissait pas qu'en payant libéralement ceux qui luttaient honnêtement contre l'adversité, elle eût fait un acte de charité plus profitable qu'en donnant avec irréflexion à une douzaine de mendiants.

— Croyez-vous, ma mère, qu'elle a trouvé que nous comptions trop cher notre ouvrage ? Elle n'a pas calculé, bien sûr, tout l'ouvrage que nous avions mis dans cette chemise. Elle veut chercher quelqu'un qui le lui fasse à meilleur compte. Je ne comprends pas comment des gens qui vivent dans de grandes maisons et qui possèdent tant de belles choses puissent trouver qu'ils n'ont pas les moyens de payer ce qui nous coûte tant à gagner.

— Mon enfant, ils sont plus sujets à penser ainsi que des gens qui vivent plus modestement.

— Ce qu'il y a de sûr, c'est que nous ne pouvons employer autant de temps que nous en avons mis à faire ces chemises pour une moindre somme.

— Ne vous inquiétez pas, mon enfant, dit la mère d'un ton rassurant, voici un paquet d'ouvrage qu'une autre dame nous a envoyé ; tâchons de l'achever promptement, nous pourrons alors payer notre loyer et nous acheter du pain.

Il n'est pas nécessaire de fatiguer le lecteur avec les détails de tout ce qu'il faut de préparations et de travail pour parfaire une demi-douzaine de belles chemises. Il nous suffira de dire que le samedi soir, cinq sur six étant achevées, Ellen se mit en devoir de les porter, promettant de livrer le mardi suivant celle qui restait encore à faire. La dame examina l'ouvrage et compta l'argent. Mais le mardi suivant, lorsque l'enfant se présenta de nouveau, elle trouva la dame de très-mauvaise humeur ; sur un second examen des chemises, elle reconnut qu'elles différaient, sous un certain rapport, des modifications qu'elle avait eu l'intention d'y introduire, mais qu'elle avait elle-même oublié de recommander ; mais elle accabla Ellen de son mécontentement.

— Pourquoi n'avez-vous pas fait ces chemises conformes aux instructions que je vous avais données ? dit-elle sèchement.

— Nous les avons faites très-exactement, répondit Ellen avec douceur ; ma mère a pris partout mesure sur le modèle, et les a coupées elle-même.

— Votre mère est une sotte de me faire de pareil ouvrage ; vous allez les remporter, et les rectifier comme je vous le dis.

Peu habituée à cette brutalité, Ellen, tout effarée, reprit son ouvrage et rentra tristement chez sa mère.

— J'ai bien mal à la tête, pensait-elle en chemin ; et ma pauvre mère qui craignait ce matin même le retour de sa crise ! et nous avons à refaire tout cet ouvrage !

— Voyez, maman, dit-elle avec découragement en entrant dans la chambre, madame Rudd dit qu'il faut défaire tous les devants des cols et les poignets de ces chemises pour les placer différemment. Elle dit que nous ne nous sommes pas conformées au modèle ; mais, voyez, c'est exactement semblable.

— Eh bien, ma fille, il faut lui reporter son modèle et lui faire voir qu'elle se trompe.

— Elle m'a parlé si durement, que je n'ose pas y retourner.

— J'irai pour vous, moi, dit la bonne Marie Stephen, qui était restée auprès de madame Ames pendant l'absence d'Ellen. Je lui porterai le modèle et les chemises, et je lui dirai ce que je pense. Elle ne me fait pas peur.

Marie Stephen était une franche et joyeuse fille très-résolue et toujours prête à secourir ses voisines dans l'embarras. Elle prit donc les chemises et se mit en route.

Mais la pauvre madame Ames, quelles que fussent les paroles d'encouragement qu'elle avait prodiguées à Ellen, n'en éprouvait pas moins un sentiment de détresse pour toute l'amertume et les rigueurs que le monde lui faisait éprouver. Des larmes s'échappaient involontairement de ses yeux pendant qu'elle contemplait la petite miniature dont nous avons parlé. Lorsqu'il vivait, j'ignorais ce que c'était que la pauvreté ou les chagrins ! pensait-elle souvent. Combien de créatures abandonnées ont pensé de même !

La pauvre madame Ames fut retenue au lit presque toute la semaine, le docteur lui ayant recommandé un repos absolu. Recommandation facile à observer au sein de l'opulence, mais dérisoire pour la pauvreté et le besoin.

Que de peines la bonne et respectueuse Ellen ne prit-elle pas pour soulager les maux de sa mère ! combien de fois répliqua-t-elle à ses questions inquiètes qu'elle se sentait bien ou que la tête ne lui faisait pas trop de mal, cherchant à se faire illusion à elle-même sur sa fatigue, profitant, le soir et le matin, du sommeil de sa mère pour accomplir encore quelques travaux supplémentaires, et faire, avec le produit, une agréable surprise à sa mère !

Vers le soir, Ellen porta l'ouvrage qu'elle venait d'achever à l'élégante demeure de madame Page. — Ce que je vais recevoir, pensait-elle, me suffira pour payer le vin et les médicaments de ma mère.

— Cet ouvrage est très-bien fait, dit madame Page; en voici d'autre, que vous m'achèverez de même.

Ellen tournait et retournait, adressant des regards suppliants à madame Page, sans oser lui demander ouvertement de lui payer le prix du dernier ouvrage; mais madame Page, occupée à chercher un modèle dans un tiroir, n'y fit pas attention, et après lui avoir expliqué ce qu'elle désirait à nouveau elle la congédia sans dire un mot d'argent.

Franchise.

La pauvre Ellen eut bonne envie de retourner sur ses pas pour le réclamer, mais elle était déjà dans la rue.

Madame Page était une femme aimable et douée d'un bon cœur; mais, habituée à dépenser à la fois de fortes sommes d'argent, elle ne songeait pas qu'une faible somme pouvait être d'une grande utilité pour d'autres. Par cette raison, lorsque Ellen après avoir travaillé sans relâche au nouvel ouvrage qui lui avait été confié s'empressa de le reporter pour en obtenir le payement, elle fut de nouveau désappointée.

— Je vous l'enverrai demain, répliqua la dame à la demande qu'elle eut enfin le courage de lui adresser; mais le lendemain vint, et Ellen fut oubliée, et la petite somme ne lui fut payée qu'après plusieurs demandes réitérées.

Mais ces esquisses sont déjà trop longues, hâtons-nous de les clore. Madame Ames rencontra enfin des amis généreux capables d'apprécier l'honneur et l'intégrité de son caractère, et, grâce à leur sollicitude, elle vit des jours plus heureux; elle acquit enfin les moyens de presser sur son cœur, dans une maison à elle, et devant son propre foyer, les deux courageuses filles qui n'avaient cessé de lui prodiguer des soins pendant leur détresse.

Nous donnons ces ébauches, prises sur les faits réels de la vie, parce que nous pensons qu'en général les personnes qui donnent de l'ouvrage aux pauvres femmes, comme la veuve Ames, n'ont pas assez de considération pour le peu qu'elles gagnent. Les travaux que l'on donne ainsi forment une branche très-importante de la charité, en ce qu'ils aident à vivre la classe la plus méritoire des pauvres. C'est ainsi que les familles devraient l'entendre, pour offrir une rétribution convenable du travail, et l'accorder sans délai, sans craindre de manquer aux lois rigoureuses de l'économie.

Il vaut mieux apprendre à nos filles à se passer d'objets coûteux de toilette, il vaut mieux nous refuser à nous-mêmes le plaisir des grandes charités publiques, répandues avec bruit et ostentation, que de marchander le faible salaire de l'ouvrière, dont la lampe brûle toute la nuit pour satisfaire nos caprices, et qui travaille pour nourrir les enfants qu'il a plu au ciel de lui accorder.

LA TANTE MARIE.

Puisque les esquisses de caractère sont à la mode, je reprends mon crayon, pour vous faire rire, je ne le crois pas, mais peut-être pour vous aider au sommeil.

Je suis aujourd'hui un assez vieux gentilhomme et célibataire pardessus le marché, sans prétentions et sobre d'esprit. Néanmoins, dans la crainte qu'au début quelques dames ne conçoivent de moi une fausse opinion, je leur ferai simplement observer en passant qu'un homme peut quelquefois rester garçon par excès de sensibilité aussi bien que par une absence complète de cette qualité.

Il y a longtemps de cela, — avant que mes lecteurs fussent de ce monde, — j'étais un véritable petit vaurien, toujours sur le chemin de tout le monde, et ne songeant qu'à la malice. J'avais pourtant, comme surveillants de mes déprédations, un père, une mère, et une véritable armée de frères et sœurs plus âgés que moi.

Mes parents appartenaient à la classe ordinaire des humains, ni de véritables anges, ni des démons, mais dans le juste milieu entre ces deux extrêmes.

Comme je l'ai déjà donné à entendre, j'étais pour tous le fléau de tous les malheurs ou accidents domestiques qui survenaient dans la maison, qu'ils provinssent de mon fait ou de toute autre cause. Du reste, on ne se trompait pas souvent, et la plus large part m'en revenait. Étais-je né sous une malencontreuse étoile, ou bien avais-je été ensorcelé dans mon berceau? il est certain que je fus dès ma naissance une sorte d'Hassan le malheureux, un garçon toujours à côté du bon chemin et à qui rien ne réussissait.

La couturière.

Qui laissait toujours les portes ouvertes en hiver? Henry! Qui renversait sa tasse à déjeuner, la salière, le moutardier à dîner? Henry, toujours Henry! Henry était le plus grand casseur d'assiettes de toute la famille. Henry mêlait ensemble les pelotes de fil, de soie et de coton de sa maman, déchirait le journal du jour de son papa, ou faisait tomber la corde où Phœbé avait mis sécher le linge de la maison.

Il ne faut pas croire qu'il y eût chez moi la moindre méchanceté, je crois solennellement que j'étais le meilleur garçon du monde. Mais il y avait quelque chose d'imparfait dans l'attraction de cohésion ou de gravitation avec tous les objets qui m'entouraient, de sorte que, quelque précaution que je prisse, les objets tombaient, se cassaient ou se détérioraient du moment que je m'en étais approché; et mes malheurs croissaient en proportion de mes efforts pour les éviter.

Si je me trouvais dans une chambre avec quelqu'un qui eût mal à la tête ou quelque autre irritation nerveuse exigeant du repos et du silence, je me montrais le premier empressé de m'y conformer. Je marchais sur la pointe des pieds pour ne pas faire de bruit; mais je me heurtais contre une chaise que je n'avais pas vue, laquelle chaise redressait la pelle, qui tombait sur les pincettes, qui mettaient en mouvement le poker, les morceaux de bois, le feu, tout un tremblement éclatant à la fois comme la chute d'un rocher.

Par la même fatalité, tout ce qui passait par mes mains subissait le même sort. Si je me réjouissais le matin d'avoir un tablier propre, j'étais sûr de le souiller par quelque accident imprévu avant d'arriver à l'école. Si l'on m'envoyait en commission, je perdais mon argent en allant ou au retour des objets que j'avais achetés; ma mère avait coutume de me consoler par cette réflexion qu'heureusement mes oreilles tenaient bien à ma tête, sans quoi je les perdrais en route. Comme on pense, j'étais le point de mire pour les exhortations et la censure non-seulement de mes parents, mais des oncles, tantes, cousins, cousines de tous les degrés, et amis officieux, qui ne m'épargnaient par un reproche.

Tout cela n'eût rien été si la nature ne m'avait doté d'une dose très-inutile de sensibilité, comme l'on doit trouver inutile dans ce monde une grande subtilité d'ouïe pour percevoir quatre-vingt-dix-neuf sons discordants sur un seul harmonieux. Donc, bien que je n'aie manqué de fournir des occasions de reproches, je ne m'y habituai jamais, et j'étais aussi affecté du quarante et unième que du premier. Il n'y avait pas le plus petit grain de philosophie en moi. J'avais un cœur assez déraisonnable pour ne pas se conformer et se réconcilier avec la nature des choses. J'étais timide, tremblant et orgueilleux. Pour tous ceux qui m'entouraient, je n'étais qu'un garçon maladroit et malheureux; rien autre pour mes parents que le complément d'une demi-douzaine d'enfants dont il fallait laver les visages et raccommoder les bas les samedis après-midi. Étais-je très-malade, le médecin et la médecine me guérissaient; si je n'étais qu'indisposé, on m'exhortait à la patience; mais si mon cœur seul était malade, j'étais abandonné à mes propres ressources pour me guérir.

Tout cela, en définitive, était dans l'ordre des choses; que voulez-vous qu'un enfant désire après le boire, le manger, une chambre pour jouer et une école pour apprendre à lire et à écrire, et quelqu'un pour avoir soin de lui s'il est malade? certainement rien.

Mais la sensibilité des adolescents existe plus souvent qu'on ne le pense dans le cœur des enfants. J'avais déjà, à cet âge, la même finesse de sens pour tout ce qui blessait le cœur, les mêmes aspirations pour tout ce qui pouvait le toucher, et ce même besoin de sympathie qui a toujours été dans tous les siècles une recherche sans profit. Nous avons tous, hommes et femmes, des dispositions plus ou moins sympathiques, mais combien peu d'entre nous savent rétrograder vers les sympathies de l'enfance, comprendre la désolation de ne pas faire partie du groupe des grandes personnes, d'être renvoyée au lit le soir pour ne pas gêner, et le matin à l'école pour le même sujet, et tant d'autres détresses et griefs de même nature que l'enfance n'a pas assez d'éloquence pour exprimer, et l'âge mûr assez d'énergie et de mémoire pour deviner?

Un matin, j'avais alors sept ans, on m'annonça avec force acclamations domestiques que la tante Marie était attendue pour nous rendre visite; de sorte que je n'eus pas plutôt entendu la voiture qui l'amenait s'arrêter à la porte, que j'enlevai mon tablier sale et je m'élançai au milieu de mes frères et de mes sœurs pour voir ce qui allait se passer. Je ne décrirai pas la première impression qu'elle produisit sur moi; car lorsque je pense encore à elle, je tourne au sentimental en dépit de mes lunettes, et je pourrais m'exprimer comme un fou.

Tout homme marié ou non marié, lorsqu'il a vécu environ cinquante ans, doit avoir rencontré une fois dans sa vie la femme qui à ses yeux l'emporte sur toutes les autres en supériorité. Elle a pu ne lui être attachée par aucun lien de parenté, ne pas être sa femme ni celle d'un autre; elle lui est apparue dans le lointain, il s'en souvient après un nombre infini d'années, comme d'une étoile disparue, comme d'un chant terminé, comme d'une beauté fanée et perdue pour toujours; mais il s'en souvient avec intérêt, avec ferveur, avec enthousiasme, avec toutes les puissances aimantes du cœur, et plus que les paroles ne sauraient exprimer.

A mes yeux, une seule femme s'est rencontrée dans les conditions que je viens de décrire, et cette femme, c'est ma tante Marie. Vous me demanderez si elle était belle? A cette demande je répondrai par une autre question. Si un ange descend du ciel pour prendre une forme humaine, est-ce que son visage ne sera pas adorable? Il peut ne pas être beau, mais il sera aimable. Elle n'était belle que de cette façon. Comme je retrouve ses traits présents à ma mémoire lorsqu'elle restait souvent pensive, la tête appuyée sur sa main, la physionomie douce et calme, un soleil d'octobre animant ses yeux bleus, et un sourire perpétuel sur les lèvres! Je me rappelle la douceur de son regard lorsque quelqu'un lui adressait la parole; l'attention avec laquelle elle vous écoutait, cette vive compréhension des choses avant que vous les eussiez exprimées, l'obligeante promptitude avec laquelle elle quittait pour vous son occupation du moment.

A ceux qui prennent les sérieuses pensées pour de la mélancolie, il semblera étrange que je dise que ma tante Marie était toujours heureuse. C'était vrai, pourtant! Ses pensées ne s'élevèrent jamais jusqu'à la légèreté, ou ne s'abaissèrent jusqu'au désespoir. Je sais que dans la profession de foi sentimentale on dira qu'un tel caractère ne saurait être intéressant. Il y a dans cette présomption quelque chose de vrai. La placidité uniforme d'un esprit médiocre n'est pas intéressante, mais la placidité d'un esprit fort et bien conduit touche aux limites du sublime. L'absence d'émotion caractérise un être d'un ordre inférieur dans l'espèce; mais le contrôle sur soi-même, lorsqu'il prend sa source dans la vertu et dans la vraie religion, entretient un tempérament égal dans une organisation bien réglée. Tandis que nous contemplons avec admiration et étonnement le général ou l'homme d'État, toujours préoccupés des besoins de ceux qui les entourent, nous retrouvons cette sublimité de caractère chez la créature humaine qui gouverne si paisiblement le monde intérieur de la maison, qu'il ne reste rien autre pour absorber les sympathies ou distraire l'attention de ceux qui l'entourent.

Telle était ma tante Marie. Sa douceur était moins le produit de son tempérament que de son choix. Douée de la susceptibilité la plus vive pour les blessures faites accidentellement aux plus nobles inspirations de l'esprit, elle avait détourné de leur cours les effets de cette sensibilité, en les reportant aux souffrances des autres, au lieu de les concentrer sur elle-même.

Elle était sympathique par-dessus toutes choses, et son caractère, comme les tons verts d'un paysage, sans être remarquable par lui-même, tendait à faire ressortir et à harmonier les teintes plus vigoureuses ou plus pâles des autres caractères.

D'autres femmes ont possédé des talents, d'autres ont été bonnes; mais je n'en ai jamais connu d'autres qui possédassent une réunion plus parfaite, plus homogène des qualités et de la bonté, jointes à une intuitive perception des sentiments, et une faculté instantanée de se les approprier. La chose la plus ennuyeuse au monde est d'être condamné à la société d'une personne qui ne comprend ce que vous voulez lui dire que lorsque vous y avez posé points, virgules et tous les signes de la ponctuation, et la chose la plus désirable au monde est de vivre avec une personne qui vous épargne même la peine de parler, et qui devine dans vos yeux ce que vous allez dire avant que vos lèvres se soient entr'ouvertes. Je commençais moi-même à ressentir cette sorte d'intuition, dès que ma tante Marie fut au milieu de nous. Je me souviens que, le premier soir, pendant qu'elle était assise auprès du foyer, entourée par tous les membres de la famille, son regard rencontra le mien, avec cette expression qui me fit comprendre qu'elle me voyait, qu'elle me comptait dans la famille. L'horloge sonna huit heures, et ma mère proclama aussitôt que le temps était arrivé pour moi d'aller me coucher; je m'éloignai lentement de ma berceuse en pensant à toutes les belles histoires que la tante Marie allait raconter quand je ne serais plus là. Mais elle m'adressa un regard d'une sollicitude qui adoucit mes regrets, et j'allai me mettre au lit le cœur plus léger que je ne l'avais jamais fait auparavant. Qui ne se souvient combien un mot, un regard, ou la suspension même de la parole ont plus attiré leur cœur vers une personne que toutes les faveurs du monde? Avant que ma tante Marie eût vécu un mois parmi nous, je l'aimais au-dessus de tout au monde; et quelle était la somme de faveurs qui avait produit un tel résultat, un regard, un mot, un sourire. C'est qu'elle avait paru contente de mon nouveau cerf-volant, ou qu'elle se réjouissait de ma joie quand je savais lancer ma toupie; qu'elle seule semblait reconnaître ma supériorité aux billes ou à la balle; qu'elle ne se fâchait pas lorsque j'avais renversé sa boîte à ouvrage sur le parquet; qu'elle accueillait avec un sourire mes efforts maladroits pour réparer mes sottises. Si elle était malade, elle insistait pour me garder auprès d'elle, malgré ma maladresse reconnue, et l'insuffisance de ma prédilection pour le métier de garde-malade. Elle seule savait causer avec moi, et me parler avec une expression remarquable de sensibilité dans la voix de mes billes, de mes cerceaux ou de mes patins. Elle produisait la même impression sur tous ceux qui conversaient avec elle, jeunes ou vieux.

Elle possédait aussi cette précieuse faculté d'attirer les autres à la hauteur de sa conversation, au point que je m'étonnais souvent moi-même de toutes les belles choses que je lui avais dites, et que je me demandais sérieusement si j'étais encore un petit garçon.

Lorsqu'elle nous eut tenu compagnie pendant plusieurs mois, l'époque arriva pour elle de prendre congé de nous. Elle pria ma mère de me permettre de l'accompagner. Toute la famille s'étonnait qu'elle pût trouver quelque chose à aimer dans le petit Henry; mais puisqu'elle me demandait, il n'y avait rien à lui objecter.

A partir de ce moment, je vécus avec elle dans toute la belle acception que l'on peut donner au mot *vivre*, et elle opéra dans mon caractère ces merveilleux changements qui ne sauraient être que l'œuvre des bons génies. Elle tranquillisa mon cœur, dirigea mes sentiments, développa mon esprit, et fit mon éducation doucement, paisiblement, comme le soleil bienfaisant élève la fleur qui s'épanouit à la vie sous ses rayons vivifiants. Et lorsque son enveloppe mortelle quitta la terre, son âme, ses paroles et ses actes d'amour et de consolation entourèrent sa mémoire d'une auréole de pureté, qui ne se fondra qu'au milieu des vapeurs célestes.

LE PÈRE TIM ET SA FILLE GRACE.

Avez-vous jamais connu le petit village de Newbury ? Non, sans doute ; car c'était un de ces endroits retirés où personne ne pénétrait sans y être attiré par une affaire quelconque ; un tout petit vallon verdoyant, encaissé comme un nid d'oiseau entre diverses montagnes assez élevées, qui tenaient à distance les vents froids et les importuns étrangers. C'était un petit monde isolé au milieu d'un autre monde. Les habitants formaient une famille patriarcale, qui n'avait d'autre ambition dans la vie que de vivre, se marier, mourir, et être enterrée dans le même lieu. Il y avait toujours un nombre égal de maisons, et un nombre égal d'habitants pour les occuper ; nul ne semblait y tomber malade ou y mourir, du moins pendant mon séjour. Les indigènes y vieillissaient jusqu'à ce qu'il ne leur fût plus possible de vieillir, puis ils s'arrêtaient, et duraient ainsi de génération en génération.

En fait de mœurs et coutumes, de sciences et d'arts, les gens de Newbury allaient faire leur partie à trois heures de l'après-midi, et rentraient chez eux avant la nuit ; tout travail cessait unanimement le samedi au coucher du soleil ; ils allaient tous à l'église le dimanche ; ils avaient une école pour l'enseignement primaire ; ils pratiquaient la charité chrétienne avec leurs voisins, et ils savaient se contenter du lot qui leur était échu, la meilleure, après tout, de toutes les philosophies. Ce fut dans ce village que maître James Benton vint faire une excursion, en l'an de grâce mil huit cent et tant.

Ce James sera notre héros, il est justement taillé pour produire sensation ; c'est du moins ce que vous eussiez pensé, si vous aviez habité Newbury huit jours après son arrivée.

Maître James était une de ces natures énergiques, au cœur large, qui s'élève tout naturellement dans le monde comme le liége au-dessus de l'eau. Largement doué de cette finesse caractéristique de la nation, qui dénote une habileté à faire toutes choses sans préparation préalable, à tout savoir sans avoir jamais appris, et à faire un meilleur usage de son ignorance que d'autres feraient de leur savoir, cette qualité se trouvait alliée chez James à une grande flexibilité de pensées, et une humeur égale et gaie. Nous n'avons pas grand'chose à dire de ses avantages extérieurs. Il possédait une franchise de physionomie, une friponnerie de regard et une désinvolture joviale, qui étaient merveilleusement séduisantes pour les dames.

Il faut dire que James avait une confiance illimitée en lui-même, croyant que rien au monde n'était impossible pour lui ; et cette confiance était entretenue avec une joyeuseté triomphante qui lui gagnait toutes les sympathies, et vous eût fait partager sa confiance en lui-même. Il y a deux sortes de suffisances : l'une amusante et l'autre provoquante. La sienne était de l'espèce amusante, et n'était en somme que la vivacité et la surabondance d'un esprit pétulant, se réjouissant de tout ce qu'il rencontrait de joyeux en lui-même ou chez les autres. Toujours prêt à faire son propre éloge, il exaltait aussi bien les louanges de son voisin si l'occasion s'en présentait.

Maître James, à l'époque de son arrivée dans la ville de Newbury, n'avait que dix-huit ans, de sorte qu'il était difficile de dire lequel prédominait en lui du garçon ou de l'homme. La confiance qu'il avait en lui-même et sa détermination d'être quelque chose dans le monde lui avaient fait quitter le toit paternel, et chercher fortune à Newbury, emportant tous ses effets dans un mouchoir de coton bleu. Jamais, du reste, étranger ne monta en grade plus rapidement et ne cumula plus d'emplois que James. Maître d'école pendant la semaine, chantre le dimanche, il employait ses soirées à donner des leçons de lecture et de chant ; étudiant le latin et le grec avec le ministre, on ne savait quand ni comment, se préparant ainsi pour le collége, pendant qu'il semblait faire tout autre chose.

James entendait l'art et la magie de la popularité, et se mettait parfaitement à l'aise dans tous les coins de cheminée des maisons du village, connaissant la géographie de toutes les barriques de cidre et de poiré, se versant et versant aux autres avec sa générosité habituelle, prenant sa part à toutes les bonnes choses de la vie, dévorant les tartes aux pommes des douairières avec l'appétit le plus flatteur, et paraissant trouver également bonnes les choses et les personnes qu'il trouvait sur son passage.

L'étendue et la variété de ses connaissances étaient prodigieuses. Fort en arithmétique et en histoire, il savait également attraper des écureuils et planter du blé ; il faisait avec la même rapidité des vers et des manches de houe, dévidant du fil et ôtant les taches de graisse aux robes des douairières, faisant des bouquets et des jouets pour les jeunes filles. Enfin, maître James circulait dans le village

.... victorieux,
Content et g'orieux ;

bienvenu et privilégié chez tous ; et lorsqu'il avait raconté sa der-

nière histoire de fantômes et quitté la veillée dans une maison à la fin d'une longue soirée d'hiver, vous eussiez pu lire sur le rude visage du bonhomme de la maison, encore tout épanoui de son dernier bon mot, le plaisir qu'il avait éprouvé, et vous l'eussiez entendu s'écrier, dans le paroxysme de l'admiration, que James enfonçait tous les gars du village... et qu'il était certainement un merveilleux jeune homme.

Les fonctions de maître d'école étaient excessivement contraires à l'activité de son esprit. Il y avait en outre en lui tant de dispositions conformes à l'esprit de ses élèves, qu'il ne pouvait être bien sévère contre les sottises des petites têtes frisées qu'il avait à conduire ; et lorsqu'il voyait chaque petit cœur bondir et s'épancher au dehors en turbulence et en malice, il se sentait plus enclin à se joindre à eux et à partager leurs jeux qu'à les ramener dans la ligne du devoir. Il eût fait en somme un pauvre magister s'il n'avait trouvé moyen d'utiliser l'activité de son esprit à diriger celle de ses élèves vers le travail et l'étude ; de sorte qu'il y avait plus de dispositions au travail dans l'âge d'or de James Benton qu'à l'époque antérieure et postérieure où l'école fut dirigée par d'autres que lui.

Mais lorsque la classe était terminée, l'ardeur de James s'épanchait au dehors comme l'écume bouillonnante du champagne. Il sautait par-dessus les bancs et s'élançait au dehors avec l'élan juvénil du plus fougueux d'entre ses élèves. Vous eussiez pu le voir alors marchant à droite et à gauche avec une franche expression de gaieté et de contentement, cueillant ici une grappe de groseilles, là une fleur, ou s'arrêtant pour rendre ses devoirs à ma tante A ou à madame B, car James connaissait l'importance des autorités de famille, et se rangeait toujours sous le soleil des douairières.

Nous ne répondrions pas de la constance de James, car il avait cette tendresse de cœur qui le faisait tomber amoureux du premier jupon qu'il trouvait sur son chemin ; et s'il n'avait pas été doué d'une égale faculté d'oublier le dos tourné l'amour du moment, nous ne savons vraiment ce qui serait advenu de lui. Mais à la fin il tomba lui-même dans les filets de l'amour, et sa versatilité fut enchaînée à son tour. Il est juste qu'après avoir consacré un assez long chapitre à l'illustration de notre héros, nous songions à introduire l'héroïne ; nous réclamerons en conséquence l'attention et l'indulgence du lecteur.

Voyez-vous là-bas ce brun chalet, avec son large toit inclinant d'un côté vers la terre et sa terrasse au-dessus de la porte d'entrée ? Vous avez dû souvent vous arrêter devant pour voir sa flèche élancée se fondre dans le ciel bleu, ou pour regarder le matin les lits de plume et les oreillers placés au soleil en dehors des fenêtres. Vous vous rappelez la grille retenue par une chaîne incrustée dans la pierre, la fenêtre de la paneterie avec les petites traverses brunes, ouvrant sur un champ de fèves ; les zéphyrs jouant à travers les gousses de pois, ou inclinant les longues tiges de ses champs de blé, mais rencontrant une résistance passive au-dessous des majestueux plants de choux ; puis tout l'entourage de betteraves aux feuilles empourprées et de panais, les touffes de groseilliers le long des palissades et entremêlées de coings ; plus loin, dans un coin du verger, un délicieux petit jardin consacré aux fleurs, parsemé de boutons d'or, de pivoines et de rosiers.

C'est la demeure du père Timothy Grinwold. Le père Tim, comme on l'appelle communément, avait un caractère qu'un peintre eût esquissé pour le contraste d'ombres et de lumières plutôt que pour sa régularité. Plein de ronces et d'aspérités au dehors, et plein de bontés substantielles au dedans, il possédait le sens pratique rude, la sagesse calculatrice des gens de la Nouvelle-Angleterre ; le fond du cœur était excellent, mais son caractère présentait un ensemble de pétulance bourrue qui colorait tout ce qu'il disait ou faisait d'un mélange de plaisanteries et de brusqueries.

Si vous aviez un service à demander au père Tim, il discutait avec vous une demi-heure pour vous faire prouver que vous en aviez réellement besoin, et pour vous dire qu'il ne pouvait pas passer sa vie à aider l'un et l'autre. Cependant vous le voyiez se préparer à satisfaire à votre demande, puis conclure par ces mots : — Bien, bien... Je suppose que je dois vous assister... mais ne vous adressez pas à vos voisins quand vous pouvez vous tirer d'affaire tout seul. Si quelques voisins se trouvaient dans la peine, il était toujours là pour les blâmer, leur dire qu'ils auraient dû s'y prendre autrement, qu'il était étonné de leur trouver si peu de bon sens ; et il terminait ses exhortations par quelque secours qui les tirait d'embarras, maugréant dans son esprit que tant de gens vinssent le tourmenter.

— Père Tim, mon papa m'envoie vous demander de lui prêter votre houe pour aujourd'hui ? dit un petit garçon qui accourt à travers champs.

— Pourquoi votre père ne se sert-il pas de la sienne ?

— Elle est cassée !

— Cassée ! et comment cela ?

— Je l'ai cassée hier en cherchant à attraper un écureuil.

— Qu'aviez-vous besoin, petit drôle, de prendre une houe pour attraper un écureuil, dites ?

— Mais papa veut emprunter votre houe.

— Pourquoi ne raccommode-t-il pas la sienne ? C'est la peste que de voir tout le monde se servir de vos ustensiles.

— J'en trouverai une ailleurs si vous ne voulez pas, dit l'enfant qui traversait lentement la terre labourée jusqu'à ce qu'il fût auprès de la haie.

Alors le père Tim l'appelle :

— Hé! petit coquin! pourquoi vous en allez-vous sans la houe?

— Je croyais que vous ne vouliez pas me la prêter.

— Je n'ai pas dit cela! Allons, venez la chercher... Attendez, je vais vous la porter, et dites à votre père de ne pas vous laisser une autre fois chasser les écureuils avec sa houe.

La famille du père Tim se composait de la mère Sally, sa femme, et d'un fils et d'une fille; le fils, à l'époque où commence notre histoire, était dans une institution académique du voisinage. La mère Sally était précisément aussi facile à se laisser séduire que le père Tim l'était peu. C'était une de ces bonnes vieilles, respectable et gaie, que l'on rencontrait tous les dimanches sur le chemin de l'église, un grand éventail d'une main et son livre de prières de l'autre, ayant toujours dans ses poches quelques friandises pour tenir les enfants éveillés pendant le service. Gaie et bonne ménagère, elle glissait sur les aspérités du père Tim, comme s'il eût eu le caractère le plus égal du monde; miss Grâce, sa fille unique, possédait exactement la même influence salutaire sur les rugosités du caractère paternel.

Jolie dans sa personne, ses manières agréables, son caractère vif, aimant, un peu volontaire, mais bon au fond, faisaient de miss Grâce la favorite universelle des gens du village. Une dame de la ville n'eût jamais pu comprendre comment Grâce, qui n'était jamais sortie de son village, pouvait agir, parler et se conduire en toute occasion comme si elle avait appris méthodiquement à le faire; fleur sauvage que vous rencontrez dans les bois, et que vous trouvez si parfaite, si suave, si complète dans sa beauté, que vous êtes surpris de ne pas retrouver dans votre jardin! Habile à toutes les choses de ménage, c'était un plaisir de la voir aller et venir pour mettre tout en ordre dans la maison. Comme tant d'autres demoiselles, elle aspirait à l'arbre de la science, et après avoir épuisé les fontaines littéraires d'une école de canton, elle en était réduite à lire tout ce qui lui tombait sous la main. C'était peu, mais elle trouvait dans ses propres pensées des conséquences à tirer de ses lectures, qui charmaient toute personne amenée à causer avec elle.

Le père Tim ressentait, comme tout le monde, l'éclat magique de sa fille, et se glorifiait de ses louanges par cela même qu'il recherchait souvent l'occasion de dire qu'il ne savait pas pourquoi les garçons couraient tant après Grâce, car elle n'avait rien d'extraordinaire. Sur toutes choses Grâce l'emportait, bien que son père accordât en grondant tout ce qu'on lui demandait.

— Mon père, disait Grâce, nous aurons une partie la semaine prochaine.

— Vous n'aurez pas de partie, mademoiselle. Vous me faites toujours manger des restes pendant quinze jours après vos réunions, et je n'en veux pas.

Le père Tim sortait, et la mère Sally et Grâce se mettaient à l'œuvre pour préparer les gâteaux et les tartes pour la partie projetée. Quand le père Tim rentrait, il trouvait sur la table de la cuisine des rangées de gâteaux et de tartes.

— Grâce, Grâce! que veut dire tout ce gâchis-là?

— C'est pour manger, mon petit père, disait Grâce avec un charmant sourire.

Le père Tim s'efforçait de paraître fâché; mais un regard de sa fille faisait fondre l'orage, et il prenait paisiblement place à son dîner.

— Mon père, dit Grâce, après le dîner, nous aurons besoin de deux chandeliers de plus pour la semaine prochaine.

— Ne pouvez-vous donc pas donner votre soirée avec ce que vous avez déjà.

— Non, mon père; il nous en faut encore deux.

— Mes moyens ne me le permettent pas, Grâce. Ainsi vous vous en passerez.

— Oh! papa, je vous en prie, dit Grâce.

— Non, vous dis-je, ne vous veux, insiste le père Tim, qui sort de la maison et se dirige vers le magasin de Robert Morries.

Au bout d'une demi-heure il est de retour, et fouillant dans l'une de ses poches, il en tire un chandelier qu'il présente à Grâce.

— Voilà votre chandelier.

— Mais, père, je vous ai dit qu'il m'en fallait deux?

— Est-ce que, par hasard, un seul ne pourrait pas faire ton affaire?

— Non, non; j'en ai besoin de deux.

— En ce cas, voici l'autre, dit le père Tim fouillant dans l'autre poche; et voici un ruban pour mettre autour de votre cou.

C'était à peu près ainsi que tout se passait dans le chalet brun.

Il est temps actuellement de reprendre le fil de notre histoire.

James pensait que miss Grâce était une belle fille; et pour ce qui est de savoir ce que pensait miss Grâce sur le compte de James, nous eussions été embarrassée de le dire si elle n'avait été obligée de se tenir sur la défensive pour lui devant le père Tim; car du moment que le père Tim entendit célébrer les louanges de James par tout le village, il lui montra un visage de pierre, rien que pour ne pas avoir l'air de partager l'opinion des gens du pays. Il se fit donc une conscience de contredire vigoureusement tout ce qui se disait de favo-

rable à James, et les occasions ne lui manquaient pas, attendu que James était en grande faveur auprès de la mère Sally.

Il suffit pour miss Grâce que son père n'aimât pas M. James comme il aurait dû le faire pour qu'elle se crût obligée d'établir la compensation. Ce qu'il y a de certain, c'est qu'ils étaient très-heureux de toutes les occasions de se voir; c'est que James venait la voir en sortant de sa classe, qu'il lui fit une nouvelle caisse pour son géranium, et que par-dessus tout il était très-attentif dans les soins pour la mère Sally, ce qui dénotait chez lui un génie naturel pour l'intrigue. James possédait une flûte à laquelle il tenait beaucoup, parce qu'il avait appris d'instinct à en jouer, et qu'à la mort du vieux ménétrier il l'avait remplacé avantageusement. Tant de qualités réunies, loin de séduire le père Tim, l'avaient au contraire indisposé contre lui.

A toutes les bonnes paroles de Sally il répondait qu'il ne l'aimait pas; qu'il le voyait partout se glorifiant et agissant en maître, que tout cela lui déplaisait. Mais notre héros ne se laissait pas abattre pour si peu.

— Ma foi, James, lui disait son conseiller intime, croyez-vous que Grâce vous aime?

— Je n'en sais rien, répliquait notre héros avec un air assez sûr de son fait.

— Mais vous ne pouvez pas l'épouser, James, si le père Tim vous est contraire?

— Fadaises que tout cela! Le père Tim m'aimera quand je voudrai.

— En tout cas, James, il vous faudra renoncer à votre flûte, je vous le garantis.

— Fa, sol, la. Il m'aimera, et ma flûte aussi.

— Comment vous y prendrez-vous?

— J'y songerai.

— Je vous assure, James, que vous ne connaissez guère le père Tim, si vous espérez le fléchir.

— Je connais le père Tim mieux que bien des gens; il n'est pas plus colère que moi; il n'y a pas autre chose à faire avec lui que de lui laisser croire qu'il est dans son chemin, tout en l'entraînant d'un autre côté; voilà tout.

— C'est possible, dit l'autre; mais je n'y crois pas.

— Je vous parie un écureuil gris que j'y vais ce soir, et que je me fais agréer par lui, moi et ma flûte.

Le dernier rayon du soleil couchant se reflétait le soir même dans les boutons d'or de l'habit de James comme il se rendait sur le lieu du combat. La soirée était belle, et succédait à un orage, qui n'avait laissé, comme trace de son passage, que des perles limpides à toutes les feuilles des arbres. Les pinsons et les rouges-gorges suspendus, éclatant en chansons, rendaient la petite vallée gaie comme une boîte à musique.

L'âme de James surabondait toujours de cette sorte de poésie qui consiste à se trouver incontestablement heureux; il n'était donc pas extraordinaire qu'il éprouvât une double extase dans cette occurrence. Il s'avançait gaiement, sautant par-dessus une haie à droite pour voir si la pluie avait grossi le ruisseau aux truites, ou à gauche pour voir l'état de maturité des melons de M. un tel; car James s'intéressait aux affaires de ses voisins comme aux siennes propres.

Il s'avança ainsi jusqu'à la haie qui marquait le commencement des terres du père Tim, et où il s'arrêta pour réfléchir; justement quatre ou cinq moutons rôdaient autour des haies, cherchant à profiter d'un piquet tombé pour aller brouter l'herbe du père Tim. Allez, allez, mes petits moutons, c'est là ce que je cherchais; entrez. Et ayant attendu un moment pour s'assurer que tous les autres allaient suivre leur conducteur, il se mit à courir d'un air effaré du côté de la maison, et jetant la barrière ouverte, il s'arrêta hors d'haleine devant la porte.

— Père Tim, quatre ou cinq moutons sont entrés dans votre jardin. Celui-ci laissa échapper de ses mains la pierre à aiguiser. Attendez, je vais les chasser, dit notre héros; et il redescendit l'allée du jardin, fit une sortie désespérée sur l'ennemi, jusqu'à ce que les moutons eussent sauté dehors, plus vite qu'ils n'avaient sauté dedans; puis, sautant par-dessus la palissade, il saisit une forte pierre, et enfonça le piquet de manière qu'aucun mouton ne pût de nouveau se frayer un passage. Tout cela fut l'affaire d'une minute, et il était de retour; mais tellement essoufflé, qu'il fut obligé de s'arrêter pour reprendre haleine. Le père Tim avait l'air disgracieusement satisfait.

— Pourquoi, diable! vous mettre à galoper ainsi? dit-il; j'aurais pu chasser ces bêtes aussi bien que vous.

— Si vous tenez absolument à les chasser vous-même, je vais les faire rentrer, dit James.

Le père Tim le regarda d'un air sucre et vinaigre.

— Je suppose que je dois vous prier d'entrer, dit-il.

— Bien obligé, dit James; je suis pressé. Il se dirigea d'un air affairé vers la barrière.

— Vous feriez mieux de vous reposer une minute.

— Pas moyen.

— Je ne vois pas ce qui vous tient d'être si pressé; on croirait que vous avez toute la création sur vos épaules.

— C'est justement cela, père Tim, dit James ouvrant la barrière.

— Vous vous arrêterez bien pour boire un verre de cidre, dit le père Tim, qui commençait à s'entêter.

James crut devoir accepter l'invitation, et le père Tim fut de bien plus belle humeur que s'il eût accepté tout d'abord.

Une fois introduit dans la place, James pensa qu'il pouvait bien oublier sa longue promenade et l'excès de ses affaires, surtout que dans ce moment la mère Sally et miss Grâce rentraient de retour d'une visite. On pense que la dernière chose à laquelle ces dames s'attendaient, c'était de trouver le père Tim et James en tête-à-tête devant un pot de cidre; miss Grâce en resta un quart d'heure à dénouer les rubans de son chapeau; James joua son rôle d'homme aimable dans la perfection. Il descendit au jardin pour admirer les merveilleux plants de choux. Il parcourut le champ de blé, s'arrêtant devant les épis comme s'il n'en avait jamais vu d'aussi beaux; puis il tomba en extase devant le pommier favori du père Tim.

— Quel magnifique pommier! s'écria-t-il enfin; où l'avez-vous eu? Je n'ai jamais vu d'aussi belles pommes.

Le père Tim arracha quelques herbes qu'il jeta par-dessus la haie pour affecter un air indifférent, puis il se rapprocha de James:

— Il n'a rien d'extraordinaire, répliqua-t-il.

Grâce vint annoncer que le souper était prêt. L'assurance parfaite de James ne se démentit pas un seul instant avec son hôte. Le moyen le plus sûr de se faire aimer des gens est souvent de se persuader à soi-même qu'ils vous aiment déjà, et ce fut d'après ce principe que James se conduisit. Il parla, fut gai, raconta des histoires avec un aplomb imperturbable, provoquant l'approbation du père Tim par un regard empreint de bon vouloir, à faire fondre une montagne de glace renfermant tous les préjugés de ce monde.

James possédait une rare qualité diplomatique, celle de se prendre lui-même d'un vif intérêt pour le premier venu dans l'espace de cinq minutes; de sorte qu'il commençait à chercher à plaire pour s'amuser, et finissait par prendre son rôle au sérieux. Avec une grande simplicité d'esprit, il était doué d'un tact naturel pour lire dans le cœur des autres, et il épiait leurs mouvements avec la curiosité d'un enfant qui examine le ressort et les roues d'une montre pour en connaître les résultats.

Les manières rudes et la bonté cachée du père Tim étaient un sujet d'étude pour un esprit observateur; après le thé, James et Grâce se trouvant réunis *par hasard* devant la porte, le premier s'écria:

— J'aime réellement votre père, Grâce.

— En vérité?

— Oui, je l'aime. Il y a quelque chose au fond de son cœur qu'il faut aller chercher, c'est justement là ce qui me plaît en lui.

— Eh bien! j'espère que vous vous ferez aimer de lui, dit Grâce assez étourdiment; puis elle s'arrêta toute honteuse.

James, trop bien élevé pour avoir l'air de chercher à deviner, répondit simplement.

— J'espère y réussir, Grâce; mais je doute qu'il veuille jamais en convenir.

— C'est le meilleur cœur qui ait jamais existé, dit Grâce; mais il agit toujours comme s'il en avait honte.

James se recula de quelques pas, contempla le beau ciel du soir qui resplendissait comme une mer d'or, avec sa lune d'argent, conduite par une sémillante étoile. Il secoua quelques gouttes de rosée d'un bouquet de fleurs, pour compter les perles qui s'en échappaient, tandis que Grâce attendait paisiblement qu'il reprît la parole.

— Grâce, dit-il enfin, je pars pour le collège cet automne.

— Vous me l'avez dit hier, dit Grâce.

James se pencha sur le géranium, et se mit à en arracher les feuilles mortes pendant qu'il continuait:

— Et si je parviens à me faire aimer de lui, Grâce, m'aimerez-vous aussi?

— Je vous aime déjà très-bien, dit Grâce.

— Voyons, Grâce, vous devez me comprendre, dit James les yeux fixés en l'air vers la tête du pommier.

— Je désire que vous me compreniez vous-même, sans qu'il soit nécessaire de vous en dire davantage, répliqua Grâce.

— Oh! sans doute! cela me suffit! dit notre héros, dont l'œil pétillait d'intelligence.

Comme l'eût dit la mère Sally, la chose fut entendue sans nécessiter plus de paroles.

Notre héros apercevant dans le moment le père Tim, qui s'approchait de la porte, résolut de faire un coup d'audace. Il tira sa flûte de sa poche, en ajusta les morceaux ensemble avec le plus grand sang-froid.

— Père Tim, dit-il levant les yeux, voilà bien la meilleure flûte que j'aie connue.

— Je déteste tous ces instruments, dit le père Tim d'un ton aigre.

— Cela m'étonne, je vous assure, dit James, cela vaut mieux.

Il approcha l'embouchure de ses lèvres et parcourut une série de gammes.

— Que pensez-vous de cela, voyons? dit-il regardant le père Tim avec joie.

Le père Tim lui tourna le dos et rentra dans l'intérieur de la maison; mais il reparut aussitôt pendant que James exécutait l'air national des descendants des puritains « Yankee Doodle! »

Le patriotisme du père Tim commença de s'éveiller; et il admira secrètement avec quelle rapidité James faisait courir ses doigts.

— Comment sous le soleil avez-vous appris tout cela? dit-il.

— C'est assez facile, répliqua James, qui commença un autre air; et après l'avoir joué, il s'arrêta pour rajuster son instrument; et s'adressant au père Tim:

— Vous ne sauriez croire comme ceci est commode pour trouver un air. Je m'en sers tous les dimanches.

— Je ne trouve pas que ce soit un instrument convenable pour la maison du Seigneur.

— Pourquoi pas? ce n'est qu'une sorte de hautbois, vous voyez, et puisque celui-là est cassé, c'est pour le remplacer. Cela vaut toujours mieux que rien.

— Ça vaut peut-être mieux que rien, répliqua Tim; mais j'ai toujours dit à ma femme que ça n'était pas l'instrument qu'il fallait; il n'est pas assez solennel.

— Solennel, ça dépend comment on s'en sert; écoutez ceci?

Et il entama l'un des cantiques de l'Eglise, qu'il exécuta jusqu'au bout avec une persévérance exemplaire.

— Enfin c'est possible; mais comme je vous l'ai déjà dit, je n'aime pas à voir cet instrument dans une assemblée religieuse.

— Mais vous convenez que cela vaut mieux que rien, dit James; car, voyez-vous, sans ma flûte, je ne pourrais pas retrouver tous mes airs.

— C'est possible, mais cela ne veut pas dire beaucoup.

C'en était néanmoins assez pour James, qui partit bientôt après, sa flûte dans sa poche et les dernières paroles de Grâce dans le cœur, murmurant en lui-même en fermant la barrière: — C'est fait, maintenant; mais pourvu que la mère Sally n'aille pas faire mon éloge... Si elle ce malheur, j'aurai tout à recommencer.

Les appréhensions de James étaient fondées. On pouvait bien secrètement convertir le père Tim, mais non l'amener à un aveu direct; et le lendemain matin, quand la mère Sally lui dit dans la bonté de son cœur:

— Je savais bien que vous finiriez par aimer James.

Le père Tim répondit — : Qui vous a dit que je l'aimais?

— Mais enfin vous paraissiez l'aimer hier au soir?

— Je ne pouvais pas le mettre à la porte, bien sûr! mais je ne pense pas autrement de lui qu'avant.

Malgré cette dénégation, il était évident que la glace était rompue entre lui et James; seulement elle eût mis un temps infini à fondre, sans des incidents qui vinrent y apporter leur concours.

A peu près vers la même époque, Georges Griswold, le fils unique dont nous avons parlé, rentrait dans son village après avoir complété ses études théologiques dans une institution voisine. Il n'y a rien de plus intéressant que de suivre les développements de l'esprit et du cœur du moment où l'enfant aux cheveux blonds quitte son village pour le collége jusqu'au retour du jeune homme sérieux et instruit. Ce changement était remarquable chez Georges: enfant taciturne et phlegmatique en apparence lorsqu'il était parti pour le collége, ne trahissant sa sensibilité que par la rougeur qui colorait son front, et son air stupéfait quand quelqu'un lui adressait la parole. Les vacances s'étaient succédé en ramenant chaque fois un être considérablement changé; et l'enfant qui jadis se cachait du diacre et était près de tomber en syncope quand il se trouvait en présence du ministre, causait aujourd'hui avec tous les dignitaires de l'endroit en toute supériorité de maintien et d'intelligence.

Il n'y avait à regretter chez lui que le déclin des forces physiques, qui semblaient suivre la route contraire à celle de l'intelligence et décroître tous les jours, le laissant plus pâle, plus maigre et moins préparé de corps pour la profession sacrée à laquelle il s'était voué. Cette fois il revenait ministre, un vrai ministre ordonné, ayant le droit de monter en chaire et de prêcher. Quelle joie et quelle gloire pour la mère Sally, et pour le père Tim, s'il n'avait honte de la laisser voir!

Le premier dimanche après son retour, tout le village et les communes environnantes savaient que Georges Griswold allait prêcher son premier sermon, et tous accoururent pour l'entendre.

Au moment de la lecture du premier psaume, toutes les têtes blanches se tournèrent du côté du pupitre, et les vieilles dames se penchèrent pour le voir se lever. Les enfants regardaient parce que tout le monde regardait. Le père Tim, assis dans une stalle sur le devant, composait son visage; la mère Sally était contente et émue, comme toute mère en pareille circonstance; et miss Grâce tournait son joli visage vers son frère, comme une fleur vers le soleil. Notre ami James montrait dans la galerie son joyeux visage légèrement tempéré par l'émotion et l'attente. Enfin jamais audience plus attentive n'accueillit les premiers efforts d'un jeune ministre; tout le monde était ému de crainte et de sollicitude.

La poésie religieuse de sa prière, enrichie par le style oriental des saintes Ecritures, et l'éloquente expression d'une sensibilité contenue, circula dans l'auditoire, comme une musique céleste. Son sermon fut empreint de cette puissance intellectuelle qui donne à la parole une clarté de logique et d'argumentation qui distingue les sermons d'un ministre de la Nouvelle-Angleterre.

Lorsque le service fut terminé, la congrégation se dispersa lentement, emportant l'impression du cœur plutôt que le sens des paroles, et n'ayant d'autre critique à faire que celle du vieux diacre Hart, un homme juste et intelligent, qui s'arrêtait sous le porche de l'église et regardant avec vénération le jeune prédicateur, s'écria, les larmes s'échappant de ses yeux :

— C'est une créature bénie de Dieu; je n'ai jamais été si près du ciel qu'aujourd'hui ; c'est une créature bénie de Dieu; voilà mon opinion sur son compte.

Notre ami James tomba d'abord dans un quiétisme parfait, puis il se sentit ému, puis il pleura avec toute sa vivacité versatile. James possédait un grand fonds de sensibilité et de capacités morales dont il ne se doutait pas lui-même. Il ressentit aussitôt pour l'esprit qui avait réveillé en lui tant de nouvelles émotions, une sorte d'attraction galvanique, et aussitôt que le jeune ministre fut descendu de la chaire, il marcha droit à lui.

— Je désire en apprendre davantage de vous, dit-il avec une expression sincère; me permettez-vous de marcher avec vous ?

— La route est longue et chaude, dit le ministre en souriant.

— Oh! cela ne m'inquiète pas, dit James, si je ne vous suis pas importun.

Cette faveur lui ayant été accordée, on put les voir s'avancer lentement sous les arbres, James épanchant au dehors des flots de questions et de problèmes, qu'il eût fallu un mois au moins pour résoudre.

— Je ne puis actuellement répondre à toutes vos questions, dit Georges arrêté devant la barrière du père Tim.

— Quand le pourrez-vous, alors? demanda ardemment James. Me permettez-vous de rentrer avec vous ce soir?

Le ministre y consentit par un sourire, et James le quitta, absorbé par une foule de pensées nouvelles qui ne lui permirent pas de voir Grâce assise à quelques pas de lui. De ce moment data pour les deux jeunes gens une amitié qui fut l'image illustrée des affinités par opposition. C'était une alliance entre le matin et le soir; d'un côté fraîcheur et soleil, de l'autre douceur et paix.

Le jeune ministre, épuisé par un mauvais état de santé, par l'ardeur de ses propres sentiments et la gravité de ses pensées, trouvait un certain charme à retremper son esprit à la légèreté saine d'un esprit encore neuf et plein de vigueur; tandis que James devenait meilleur sous la placidité céleste de son ami. L'ascendant que son nouvel ami avait tout à coup pris sur son esprit était illimité, et réussit à développer en un mois les trésors de son intelligence, mieux que ne l'eussent fait en quatre ans les leçons du collége.

La sensation des succès du jeune ministre sur les paroissiens fut profonde et générale, et dut satisfaire la sollicitude de son cœur. Mais comme toutes les émotions vives sont suivies d'une réaction, il ne tarda pas à sentir décliner en lui les forces de la vie. Georges sentit toute l'amertume que lui causait la déception de tant de travaux précieusement élaborés, et qui allaient s'éteindre avec lui. Mais il souffrit plus encore des déceptions qui attendaient ses parents.

Il ne pouvait voir sans une tristesse mortelle sa bonne mère suspendue aux paroles qu'il prononçait en chaire, et s'attacher à ses pas lorsqu'il sortait, pour lui adresser des regards empreints d'une joie enfantine, ou son père si original, dont toute l'ambition terrestre se renfermait actuellement dans ses succès, sans songer que la lampe de leur vieillesse allait bientôt s'éteindre.

Grâce trouva son frère absorbé par ces lugubres présages, par une matinée d'automne, la tête appuyée contre la grille du jardin.

— Que faites-vous là, mon frère, à méditer ainsi par ce brillant soleil? s'écria la jeune fille bondissante comme une gazelle.

Le jeune homme se détourna, et souriant tristement à ce gai visage :

— Vous êtes heureuse, Grâce ! dit-il.

— Sans doute ! et vous devriez l'être aussi, puisque vous allez mieux ?

— Je suis heureux, Grâce; c'est-à-dire j'espère l'être un jour.

— Vous êtes malade, je le vois, mon frère; vos traits sont fatigués. Oh! si votre cœur pouvait s'élancer de nouveau dans la vie avec la vivacité du mien !

— Je ne me sens pas bien, Grâce; et, je le crains, je ne m'en relèverai pas, dit-il détournant les yeux pour les reporter sur les feuilles d'automne qui tombaient des arbres.

— Georges, cher Georges, ne dites pas cela, vous briserez nos cœurs à tous, dit Grâce en pleurant.

— Ce n'est que trop vrai, ma sœur; je ne le redoute pas pour moi... mais pour... Mais nous nous retrouverons dans le ciel.

Une semaine après cette conversation, un froid sec et vif accéléra les progrès du mal avec une effrayante rapidité. Il déclina subitement. Sa mère, conservant l'illusion d'un cœur aimant et enjoué, crut jusqu'au dernier jour qu'il se rétablirait; et le père Tim résistait à l'évidence avec la persistance obstinée de son caractère, tandis que le malade ne trouvait pas dans son cœur le courage de les détromper. James ne quittait pas la maison d'un seul jour, déployant toute son énergie et tous ses soins pour soulager son ami. Qui l'eût connu

dans ses jours de gaieté et d'insouciance, ne l'eût certes pas reconnu dans ce jeune homme grave, à l'air attentif, marchant sans bruit autour de la chambre, dont la voix et le toucher étaient doux et légers.

Un matin, le crépuscule commençait à poindre dans la chambre du malade. Georges avait passé une nuit agitée et fiévreuse ; mais il venait de tomber dans une légère somnolence, et James était assis à son chevet, retenant sa respiration pour ne pas l'éveiller. Les étoiles disparaissaient une à une du firmament, ne laissant derrière elles que l'étoile du matin, dont la lueur bleue pénétrait dans la chambre comme l'œil de notre Père céleste, qui veille sur nous lorsque les amitiés terrestres pâlissent.

Georges ouvrit les yeux avec une expression de calme céleste, et son regard s'arrêtant sur le ciel radieux, il murmura d'une voix faible :

L'Aurore immortelle répand ses sourires et ses teintes rosées sur les sphères célestes.

Une ombre passa sur ses yeux, d'où s'échappèrent des larmes qui tombèrent en silence sur l'oreiller.

— Georges, cher Georges, qu'avez-vous ?

— Ce sont mes amis... mon père, ma mère, dit-il d'un son de voix presque inintelligible.

— Dieu veillera sur eux, dit James avec douceur.

— Je le sais, car il aime tous ses enfants. Mais... je vais mourir... avant d'avoir fait du bien sur terre.

— Ne dites pas cela, Georges, dit James; songez seulement à ce que vous avez fait pour moi. Dieu vous en récompensera, et me gardera une place auprès de vous. Je ferai ce que vous projetiez de faire, Georges, pour vos semblables : j'y consacrerai ma vie, mon âme, toutes mes forces, et vous n'aurez pas demeuré pour rien sur terre.

Georges sourit, ses yeux errèrent dans le ciel; on eût dit un ange prêt à remonter auprès de Dieu. James continua :

— Nous vous bénissons tous dans cette maison, et votre image restera éternellement gravée au fond de notre cœur.

— James, il faut avertir mon père et ma mère... mais je n'ose.

La porte s'ouvrit, et le père Tim entra. Il resta atterré de la pâleur de Georges, et s'approchant du lit, il vint lui tâter le pouls, puis posa sa main sur le front du malade; puis enfin, cherchant à éclaircir sa voix, il lui demanda s'il se sentait un peu mieux.

— Non, mon père, dit Georges; puis, lui prenant la main, il le regarda d'un air inquiet, et parut hésiter un moment.

— Mon père, dit-il enfin, vous savez que nous devons nous soumettre aux décrets de la Providence ?

Il avait une sublimité d'expression dans la physionomie qui pénétra l'esprit du vieillard d'un rayon de vérité. Celui-ci poussa un cri d'angoisse, et laissa retomber la main de son fils. Il quitta la chambre.

— Qu'avez-vous, mon père ? dit Grâce essayant d'attirer son attention pendant qu'il restait les bras croisés devant la fenêtre de la cuisine.

— Laissez-moi, dit-il brusquement.

— Ma mère dit que le déjeuner est prêt.

— Je n'ai pas faim, dit-il ; et, s'élançant par la porte, il disparut au dehors.

Il est heureux pour l'homme que Dieu se manifeste à lui aussi bien dans sa compassion pour les faiblesses de sa nature que par la puissance de ses merveilleuses créations. Néanmoins, le père Tim, malgré toutes ses singularités, avait au fond du cœur un profond sentiment religieux. Dans ce moment d'épreuve, toute l'obstination du vieillard se roidissait contre l'évidence, mais il luttait en vain contre les élans de la nature et de la sympathie du cœur.

Ce fut vers l'après-midi du dimanche suivant qu'on vint le chercher pour se rendre dans la chambre de son fils, dont la dernière heure venait de sonner. Lorsqu'il entra, toute la famille se trouva rassemblée : Grâce et James penchés sur le lit du mourant, et la mère, assise à distance, la tête cachée dans son tablier, et pleurant pour ne pas voir mourir son enfant. Le respectable ministre priait avec la Bible ouverte devant lui. Le père s'approcha du lit, et contempla ces traits déjà éclairés par l'auréole d'immortalité. Le moribond ouvrit les yeux, reconnut son père, et lui tendit la main.

— Je suis content que vous soyez venu.

— Pitié, Georges, pitié ! Ne me souriez pas ainsi... je ne saurais prier.

La chambre avait déjà le silence de la mort... Enfin le fils répéta d'une voix douce ces paroles : Ne laissez pas la douleur pénétrer votre cœur; il y a place pour tous dans la maison de mon Père. Puis, se tournant vers le ministre : Priez pour nous! furent ses dernières paroles, et son âme s'envola vers le ciel.

Pourquoi s'appesantir sur ce qui suivit ? Le grain semé par le juste fleurit et produit au delà de la tombe. Il en fut ainsi des paroles de paix que laissa ce saint homme au cœur de ses amis; ils s'en souvinrent après sa mort, et se montrèrent résignés et soumis.

— Le Seigneur soit avec lui, dit le père Tim ; je crois qu'il emporte mon cœur avec lui, et qu'après tout le Seigneur fait bien tout ce qu'il fait.

Notre ami James devint plus que jamais la consolation de la famille, et le vieillard reporta involontairement sur lui l'affection que son fils avait laissée vacante.

— James, lui dit-il un jour, vous n'ignorez pas sans doute que je vous considère aujourd'hui comme mon fils ?

— Je l'espère, répliqua simplement James.

— C'est bien. Vous partirez la semaine prochaine pour le collége ; je ne veux plus que vous soyez maître d'école pour vivre. Je suis assez riche pour suffire à votre avancement... du moins si vous voulez être soigneux et studieux.

James connaissait trop bien le cœur du père Tim pour refuser une faveur qui portait en elle tant de consolations ; il accepta sans ostentation.

— Chère Grâce, dit-il à la jeune fille la veille de son départ, je suis bien changé, et vous aussi, depuis que nous nous connaissons ; demain je vais vous quitter pour longtemps, mais je suis sûr...

Il s'arrêta pour mettre de l'ordre dans ses pensées.

— Oui, James, vous pouvez être sûr et compter sur la réalisation de ce que vous ne pouvez exprimer...

— Merci, dit James ; puis il ajouta d'un air pensif :

— Dieu me garde ! Je crois avoir assez de résolution pour ce que je vais entreprendre ; mais, quoi qu'il advienne, je me dévouerai tout à Dieu et à mes semblables ; et alors, Grâce, votre frère se réjouira dans le ciel et me bénira.

— Il vous a déjà béni, James, dit Grâce ; je ne sais ce que nous serions devenus, si vous n'aviez pas été avec nous... Vous vivrez pour lui ressembler et pour faire autant de bien que lui, achevat-elle avec un visage radieux, qui pénétra James d'une sainte confiance en lui-même.

. . . .

Cinq ans plus tard, on citait James comme un éloquent ministre de la contrée. Par une soirée d'automne, un grand et vigoureux vieillard cheminait sur la lisière du village de Farmington.

— Eh ! là-bas ! cria-t-il à un autre homme, de l'autre côté de la haie, quel est ce village ?

— C'est Farmington, monsieur.

— Bon ! Je voudrais savoir si vous avez entendu parler d'un garçon à moi, qui habite ici ?

— Un garçon à vous... Qui est-il ?

— Ma foi... j'ai ici un garçon, et j'ai pensé venir lui rendre visite.

— Mais comment l'appelez-vous ?

— Ma foi, dit le vieillard renversant son chapeau en arrière, je crois qu'on l'appelle James Benton.

— James Benton ? mais c'est le nom de notre ministre.

— Ah bien oui, c'est vrai ! Quand j'y pense, je crois que c'est cela ; c'est le ministre. Mais cela ne l'empêche pas d'être mon garçon. Où demeure-t-il ?

— Dans cette maison blanche que vous voyez là, derrière la route, entourée d'arbres.

Au même instant, un grand bel homme s'avança derrière eux. Nous avons déjà vu cette physionomie, bien que le temps y ait imprimé un caractère plus grave ; mais nous y retrouvons toute la vivacité et la gaieté franche de James Benton dans l'accueil qu'il fait au vieillard.

— Je savais bien que vous ne pourriez rester longtemps éloigné de nous, dit-il avec toute la pétulance de la jeunesse et saisissant les deux mains du père Tim.

Ils s'avancèrent du côté de la grille ; un frais visage, où se peignait tout le contentement du bonheur et de la santé, les y attendait.

— Mon père ! mon cher père !

— Vous voulez me faire croire, Grâce, que vous êtes contente de me voir, dit le vieillard, dont les yeux démentaient les paroles.

— Mon père, l'autorité m'appartient pour quelques jours, dit-elle en l'entraînant vers la maison, ainsi pas de paroles méchantes ; ôtez votre chapeau et votre habit... et asseyez-vous dans ce fauteuil.

— Oh ! vous voilà, miss Grâce, avec vos vieux tours, commandant par-ci, ordonnant par-là. Enfin, puisque vous l'ordonnez, je m'assieds.

— Mon père, dit Grâce, comme le père Tim prenait congé de ses enfants après quelques jours de bonheur avec eux, le mois prochain vient la semaine de Noël : nous vous attendrons, vous et ma mère, pour la passer avec nous.

Le mois suivant, le père Tim et la mère Sally étaient installés au coin du foyer du ministre, les témoins heureux de tous les présents que, dans leur reconnaissance, les paroissiens apportaient en foule. Et le jour suivant, ils eurent le plaisir de voir monter en chaire leur fils adoptif, et d'entendre un sermon que tous proclamèrent le meilleur de ceux qu'il avait prêchés précédemment. Or comme ce commentaire se renouvelait à chaque nouveau sermon de James, on pense qu'il devait marcher à grands pas vers la perfection.

— Il y a dans la vie de ce monde beaucoup de choses enviables, dit le père Tim assis devant un bon feu et les yeux fixés sur la flamme bleue du charbon, si nous voulions seulement les prendre lorsque le Seigneur les place sur notre chemin.

— Oui, dit James ; et si nous nous bornons à faire ce que nous de-vons, cette vie sera pour nous heureuse et bien remplie, et celle de l'éternité pleine de joie et de félicité.

⸺◆⸺

TROP DE CHARITÉ.

ESQUISSE.

Par une froide et claire soirée de la fin de décembre, M. Aubrey revenait de son comptoir pour se livrer chez lui aux douceurs du repos dans un bon fauteuil et devant un feu clair de charbon de terre. Il échangea ses bottes lourdes contre une paire de pantoufles, rassembla autour de lui les plis de sa robe de chambre, et se renversant en arrière, il fixa ses regards au plafond de l'air le plus satisfait du monde. Néanmoins un nuage revint bientôt obscurcir son front. Quelle chose pouvait donc encore troubler la quiétude de M. Aubrey ? La vérité est qu'il avait eu dans l'après-midi à son comptoir l'agent d'une société de charité qui l'avait vivement sollicité de doubler sa souscription de l'année précédente, se servant d'arguments auxquels il avait été embarrassé de répondre.

Tous ces gens croient que je suis fait d'argent. Voilà cette année la quatrième fois que l'on me presse de doubler ma souscription pour des objets différents, et cette année a justement été pour moi l'une des plus lourdes en dépenses de famille : constructions, meubles, tapis, rideaux, toutes ces choses sans fin qu'il faut acheter pour meubler une maison. Comment trouver au milieu de tout cela de quoi doubler mes charités ?... Jusqu'aux mémoires pour les filles et pour les garçons qui sont doublés depuis que nous sommes dans cette maison... Ai-je bien ou mal fait de l'acheter ? Et M. Aubrey parcourut des yeux la pièce dans laquelle il se trouvait, passant en revue les meubles et les riches tentures. Il était las, harassé et assoupi ; sa tête se balança de droite à gauche, de gauche à droite, ses yeux se fermèrent ; il s'endormit. Pendant son sommeil, il crut entendre frapper à la porte ; il se leva, alla ouvrir, et trouva devant lui un homme simplement vêtu, d'apparence pauvre même, qui, d'une voix basse et douce, lui demanda la faveur d'un moment d'entretien. M. Aubrey l'introduisit dans le salon et lui avança une chaise auprès du feu. L'étranger fit un examen lent et scrupuleux de tout ce qu'il y avait autour de lui ; puis se tournant vers M. Aubrey, il lui présenta un papier. — C'est votre souscription de l'année dernière pour les missions, dit-il, vous connaissez tous les besoins de cette cause mieux que je ne pourrais vous les dire ; je suis venu m'informer si vous vouliez y ajouter quelque chose ?

Tout ceci fut débité de ce même ton calme et bas qui, pour une raison dont M. Aubrey ne pouvait se rendre compte, l'embarrassait plus que toutes les demandes qui lui avaient été faites jusqu'alors.

Il demeura quelques instants silencieux sans pouvoir trouver une réponse ; enfin il se mit à répéter d'un air embarrassé les mêmes excuses qui lui avait parues satisfaisantes dans la journée : La dureté des temps, la difficulté de trouver de l'argent, les dépenses de famille, etc.

L'étranger promena lentement ses regards sur les élégances somptueuses de l'appartement, et, sans aucun commentaire, lui reprit le papier qu'il lui avait donné, mais pour lui en présenter un autre.

— Ceci est votre souscription à la Société Territoriale, voulez-vous y ajouter quelque chose ? vous savez tout ce qu'elle a déjà fait et tout ce qu'elle veut encore faire si les chrétiens sont disposés à lui en fournir les moyens ? Ne vous sentez-vous pas disposé à augmenter votre contribution ?

M. Aubrey se sentait mal à l'aise et choqué de ce second appel à sa bourse ; mais il y avait dans les manières douces de l'étranger un charme qui le retenait. Il répondit seulement que, bien qu'il le regrettât excessivement, ses affaires étaient telles cette année, qu'il ne pouvait sans se gêner augmenter le chiffre de ses charités.

L'étranger reprit le papier sans répondre, mais il lui mit aussitôt sous les yeux la souscription de la Société de la Bible, et en quelques mots clairs et précis il lui fit ressortir l'importance de sa fondation, et lui renouvela sa demande d'un surcroît de contribution. M. Aubrey perdit patience.

— Ne vous ai-je pas dit, répliqua-t-il, que je ne peux pas faire plus de charités cette année que l'année dernière ? Il semble que les appels à notre charité n'ont plus de fin de nos jours. D'abord il ne fut question que de deux ou trois projets, et les sommes demandées étaient raisonnables ; mais les prétextes augmentent chaque jour, tout le monde vient à nous pour de l'argent, et tous, lorsqu'une fois nous avons donné, nous importunent pour doubler ou tripler nos souscriptions ; il n'y a pas de fin à tout ceci, que nous nous trouvions dans un endroit ou dans un autre.

L'étranger reprit le papier rose, et regardant fixement son hôte, il lui dit d'un son de voix qui vibra dans son âme :

— Il y a un an cette nuit que vous croyiez votre fille mourante ; vos angoisses vous empêchaient de dormir ; à qui avez-vous fait appel cette nuit-là ?

Le marchand tressaillit et leva les yeux; un changement semblait s'être opéré chez son visiteur, dont l'œil restait fixé sur lui avec une expression calme, intense et pénétrante, qui le subjugua.

Il se renversa en arrière, et cacha son visage dans ses mains sans répondre.

— Il y a cinq ans, reprit l'étranger, vous étiez aux portes du tombeau, et dans votre agonie vous songiez au désespoir dans lequel vous alliez plonger une famille qui n'avait d'autre ressource que dans votre travail. Vous rappelez-vous à qui vous adressâtes une fervente prière? Et qui vous sauva alors?

L'étranger s'arrêta pour écouter la réponse, mais il y eut un silence morne de quelques instants. Le marchand courba sa tête plus avant et l'inclina sur le siège placé devant lui.

La tante Marie.

L'étranger se rapprocha de lui, et lui dit d'un ton plus sourd et plus âpre : Vous souvenez-vous encore d'il y a quinze ans, de cette époque où vous vous croyiez perdu, abandonné de tous, où vous passiez vos jours et vos nuits en prières, où vous eussiez donné un monde pour une heure d'assurance que vos péchés vous seraient pardonnés?... Qui donc a exaucé vos prières?

— C'était Dieu mon Sauveur, dit le marchand avec l'élan d'une conscience coupable qui se repent... Oh! oui, c'était lui!

— L'avez-vous jamais entendu se plaindre que vous l'appeliez trop souvent? demanda l'étranger d'une voix de tendre reproche... Répondez, ajouta-t-il, êtes-vous disposé dès ce soir à ne plus rien implorer de lui, afin qu'il ne vienne plus vous importuner pour les autres?

— Oh! jamais, jamais! dit le marchand tombant à genoux. Mais lorsqu'il prononça ces mots, l'apparition parut s'évanouir, et il se réveilla l'âme bouleversée.

— Oh! mon Sauveur! Qu'ai-je dit? qu'ai-je fait? s'écria-t-il. Prenez tout ce qui est ici, tout ce que je possède. Qu'est-ce que tout cela en regard de tout ce que vous avez fait pour moi?

MARION JONES.

Quelle variété infinie de beautés dans la nature! Que d'espèces différentes dans la seule nature humaine! La fleur et l'activité de l'enfance, la fraîcheur et l'entier développement de la jeunesse, la dignité de l'âge mûr, la douceur de la femme, toutes variétés multiples, mais parfaites dans leur espèce.

Mais rien n'approche de l'image du ciel comme la beauté du vieillard chrétien. C'est comme le charme de ces paisibles journées d'automne, lorsque les fortes chaleurs d'été ont disparu, que la moisson est en sûreté dans la grange, et que le soleil répand ses derniers feux

sur les champs nivelés et les feuilles jaunissantes. C'est la beauté plus sévèrement morale, plus rapprochée de l'âme que celle de toute autre époque de la vie. La fiction poétique ne sépare jamais le vieillard du chrétien; c'est qu'il n'y a aucune autre période de la vie où les vertus du christianisme trouvent à se développer plus harmonieusement. Le vieillard qui a survécu aux orages des passions, qui a su résister aux tentations, qui a transformé les élans impétueux de la jeunesse en habitudes d'obéissance et d'amour; qui, après avoir servi sa génération sous l'égide de Dieu, cherche alors un appui pour son corps et pour son âme affaiblis dans celui qu'il a fidèlement servi; ce vieillard est peut-être l'image la plus pure de la beauté sanctifiée que l'on puisse rencontrer en ce bas monde.

Des pensées à peu près semblables occupaient mon esprit un jour que je détournais mes pas du cimetière de mon village, où je m'étais arrêté après de longues années d'absence. C'était un agréable endroit; une pente douce de terre rejoignant un ruisseau qui brillait en courant à travers les cèdres et les genévriers, dominée de l'autre côté par une verte colline où les maisons blanches du village se déroulaient comme un collier de perles.

Rien n'est plus pittoresque dans un paysage que ce contraste d'un cimetière... cette cité du silence, comme la dénomment si poétiquement les Orientaux... placé au milieu des richesses et des joies de la nature; ses pierres blanches miroitant au soleil, souvenir permanent du déclin, dernier anneau de la chaîne qui unit le mort au vivant.

En traversant lentement les étroites allées pour lire sur chaque monticule l'inscription funéraire de l'époux laborieux et économe, de la femme soigneuse et rangée, de l'enfant moissonné dans sa fleur, tous en ayant fini avec les soucis ou les joies de ce monde, je m'arrêtai devant une simple pierre portant cette inscription : « A la mémoire de Howard Dudley, décédé dans sa centième année, » J'avais jadis connu cet aimable vieillard; tous les dimanches, dix minutes avant le service, sa haute stature un peu voûtée pénétrait dans l'église couverte d'un habit noisette à larges basques et hauts parements, sur l'un desquels deux épingles étaient toujours régulièrement plantées.

Le père Tim.

Lorsqu'il était assis, le bord supérieur de la stalle lui arrivait au menton, et sa tête argentée planait au-dessus comme la lune sur l'horizon. Sa tête vénérable eût servi de modèle pour un saint Jean... chauve sur le sommet et garnie seulement autour des tempes de quelques touffes argentées.

> Mais seulement autour de ses tempes ridées,
> Des cheveux argentés tombaient en ondulant :
> Ainsi les blancs festons du givre étincelant
> Décorent un vieux chêne aux branches dénudées.

Il était déjà fort âgé, et les lignes accentuées de son patient visage semblaient dire : « Et maintenant, Seigneur, pourquoi donc atten-

Paris. Typographie PLON FRÈRES, rue de Vaugirard, 36.

dre?... » Mais il vécut encore de longues années, et jusqu'au dernier moment il vint occuper sa stalle à l'église.

Il était connu de près comme de loin comme la personnification vivante de la paix et de la charité, toujours prêt à cacher ou à excuser les fautes des autres. Tant qu'il y avait doute dans un cas déclaré de mauvaise action, il disait que le coupable n'avait pas eu de mauvaise intention... Mais quand le fait était trop avéré pour admettre cette excuse, il valait mieux à son avis faire le moins de bruit possible ; personne ne pouvait répondre d'un moment de tentation.

Quelques pages du livre de sa vie feront plus clairement ressortir ces traits saillants de son caractère. Un certain rusé propriétaire terrier du nom de Jones, qui ne brillait pas par sa réputation d'honnêteté, avait vendu à M. Dudley un lot de terre d'assez forte valeur, et il en avait reçu l'argent ; mais sous divers prétextes il avait différé d'en remettre les titres de cession. Dans ces entrefaites il mourut, et le titre ne put se retrouver, tandis que par testament il léguait ce lot de terre à l'une de ses filles.

Le vieux M. Dudley dit que c'était extraordinaire ; qu'il savait bien que Seth Jones avait la réputation d'aimer l'argent, mais qu'il ne le croyait pas capable d'une telle action. Et il alla trouver le squire Abel pour lui exposer l'affaire, afin d'en obtenir réparation s'il était possible.

— Je n'aime pas le dire, mais vous savez, squire Abel, M. Jones était, était ce qu'il était, bien qu'il soit mort aujourd'hui. C'est tout ce que le brave homme put trouver pour accuser un mort. Lorsqu'il eut appris que le cas n'admettait pas de réparation, il s'en consola en réfléchissant que la terre était passée en héritage à deux pauvres filles. J'espère que cela leur profitera. De *Silence* je n'ai pas grand' chose à dire, mais Marion est une jolie petite fille. Et le vieillard s'en alla consolé, disant que, puisqu'il n'y avait rien à réclamer, mieux valait ne rien dire de cette affaire.

Ces deux filles en question, Silence et Marion, étaient la plus âgée et la plus jeune d'une nombreuse famille, rejetons des trois femmes de Seth Jones, dont il ne restait que ces deux filles. L'aînée, Silence, était une grande forte fille, à l'œil noir, les traits durs approchant de la quarantaine, avec une grosse voix, bien résolue, et ce que

Augusta Howard.

Lorsque miss Silence vint à apprendre que M. Dudley se croyait lésé par le testament de son père, elle contesta longtemps avec un grand déploiement de courage et de poumons. M. Dudley pouvait mieux employer son temps qu'à essayer d'enlever leurs droits à deux pauvres orphelines. Elle espérait bien qu'il plaiderait, afin d'apprécier tous les avantages qu'il retirerait d'une si belle affaire. Un fameux diacre et membre de l'Eglise, en vérité ! d'inventer des histoires semblables contre son pauvre père mort et enterré !...

— Mais, dit Marion, M. Dudley est un brave homme ; je ne crois pas qu'il y ait l'intention de faire du tort à qui que ce soit ; il doit y avoir dans tout cela un malentendu.

— Marion, vous êtes une petite sotte, je vous l'ai toujours dit, répliqua Silence ; vous vous laisseriez arracher vos incisives si vous ne m'aviez pas pour vous protéger.

De nouveaux incidents amenèrent les affaires de ces deux demoiselles en contact plus direct avec celles de M. Dudley, comme nous allons le démontrer.

Le voisin porte à porte de M. Dudley était un vieux fermier à qui son humeur querelleuse avait fait donner le surnom de Père Mâchoire, dénomination qui s'alliait parfaitement aux traits caractéristiques de sa personne et de ses manières. Grand de taille et assez mal bâti, il avait toujours l'air d'un orage prêt à éclater, tant sa physionomie était sournoise, renfrognée et désagréable. Sa voix, modelée sur sa figure, prenait toutes les intonations aigres et désagréables de la scie, du grincement de la pierre, de l'engouffrement du vent dans les cheminées, ou du hurlement des loups. Par sa nature, il était doué d'un esprit actif, tranchant, ergoteur, qui eût coupé un cheveu en quatre pour faire naître quarante questions différentes d'entamer un procès ; si l'éducation eût développé chez lui ces dons de la nature, il fût devenu l'un des plus habiles métaphysiciens qui eussent jamais jeté de la poudre aux yeux des générations suivantes. Privé de cet avantage, il excellait encore à mettre dans l'embarras et à mystifier quiconque se trouvait sur son chemin. Mais toutes les facultés de son âme se concentraient sur la chicane ; c'était sa nourriture, sa boisson, l'objet de sa méditation de chaque jour, de trouver quelque

l'Irlandais appellerait une manière décente de s'en servir. Son nom était un problème pour tout le voisinage, car elle avait plus de facultés et de dispositions à faire du bruit qu'aucune autre fille du village. Mademoiselle Silence était une de ces personnes qui ne se sentent nullement disposées à céder la plus faible partie de leurs droits. Elle affrontait toutes les discussions, battait en brèche les oppositions, se défendait avec courage, et faisait courir pour elle hommes, femmes et enfants comme après une diligence. Bien qu'elle fût la fille d'un homme riche, richement dotée pour sa part et bien proportionnée, elle possédait une résolution innée à l'indépendance et à la liberté telle, qu'on ne lui avait jamais connu qu'un amoureux qui se fût aventuré à venir la demander en mariage ; mais il fut renvoyé avec la promesse que s'il montrait de nouveau son visage autour de la maison, elle lâcherait ses chiens sur lui.

Marion Jones différait de sa sœur comme le convolvulus diffère de la tige grossière qui le supporte. A l'époque où nous nous reportons, c'était une jeune fille modeste, rougissante et svelte, âgée de dix-huit ans, aussi timide et réservée que sa sœur était hardie et robuste. L'éducation de la pauvre Marion avait coûté à miss Silence un monde de peines et d'ennuis, et après tout, disait-elle, la fille ne sera jamais qu'une sotte, puisqu'elle ne pouvait l'habituer, comme elle, à tenir tête au monde.

part ou dans quelque sujet la matière d'un procès. Il avait toujours en question quelque barrière qui courait trop à droite ou trop à gauche de la propriété voisine, et qui prenait une portion de la meilleure terre ; ou bien les dindons de Pierre ravageaient ses récoltes, ou les oies de Paul ne devaient pas sortir de l'étang de la commune, ou toute autre question de cette importance qui l'occupait ainsi d'un bout d'une année à l'autre. Comme fonds principal de distraction, ceci n'était déjà pas trop mal ; mais le Père Mâchoire ne se contentait pas de ses propres contestations : son bonheur était de parcourir le village de maison en maison pour rapporter tous les cancans des uns et des autres, et fonder une mine inépuisable de discussions et de procès, ne laissant échapper aucun détail de la cause, accompagné des : il m'a dit, dit-il, et je lui ai dit comme ça, et toutes autres fleurs de rhétorique. Aussi, grâces à son activité, la moitié du village était constamment en guerre avec l'autre moitié.

Or, comme le bon M. Dudley, de son côté, avait assumé pour lui le rôle de pacificateur, les capacités de son voisin le Père Mâchoire lui donnaient assez de besogne pour qu'on ne le qualifiât pas de sinécure. Il arrivait derrière le Père Mâchoire, calmant, raccommodant et remettant les gens d'accord avec une persévérance merveilleuse.

Le Père Mâchoire lui-même avait ou témoignait un grand respect pour le brave homme, allait chez lui pour lui demander des conseils, que, comme tous les chercheurs d'avis, il ne suivait qu'autant qu'ils s'accordaient avec ses intérêts ou sa manière de voir. Mais son plus grand plaisir était de venir s'installer, le soir, au foyer du bon vieillard, et de lui raconter les différentes affaires de la journée où il s'était trouvé volontairement mêlé.

La grande affaire de toutes les affaires, celle qui absorbait la plus grande partie des loisirs du Père Mâchoire, avait pris naissance dans une querelle qu'il avait eue jadis avec le squire Jones, le père de Marion et de Silence, au sujet d'une mitoyenneté entre ses terres et celles du squire.

Le principe de la discussion provenait de ce que le squire Jones avait un moulin dont les eaux, à ce que prétendait le Père Mâchoire, inondaient ses bonnes terres. Or comme les bonnes terres du Père Mâchoire étaient de leur nature moitié marais, moitié ajoncs, par conséquent susceptibles d'être constamment dans un état d'humidité, il restait toujours une heureuse obscurité sur la provenance de l'eau. De sorte que quand tous les sujets de discussion étaient épuisés, le Père Mâchoire se récriait en mettant sur le tapis son procès concernant ses bonnes terres; l'un de ces cas était pendant quand par la mort du squire la propriété échut à Marion et à Silence, ses filles. Le Père Mâchoire ne fut pas le dernier à apprendre que M. Dudley avait été frustré de ce qui lui était dû, et aussitôt il se mit à dresser ses batteries pour entretenir l'affaire dans un état prolongé de discussion. Donc, un soir que M. Dudley était assis paisiblement au coin du feu, lisant et rêvant, sa grosse Bible ouverte devant lui, il entendit sur le paillasson les symptômes précurseurs d'une visite du Père Mâchoire, qui fit bientôt son entrée dans le salon. Il prit place devant le feu, au beau milieu de la cheminée, les coudes appuyés sur ses genoux, et les mains étendues au-dessus de la flamme, et le visage calme et doux de M. Dudley avec ses petits yeux de lynx; il aborda le sujet par cette première réflexion :

— Eh bien, le vieux squire Jones est donc enfin parti? Je vous demande à quoi lui serviront ses terres actuellement?

— Cela prouve, répliqua M. Dudley, combien il est inutile de se disputer dans ce monde la moindre possession. Nous n'apportons rien en entrant dans ce monde, et il est certain que nous ne pouvons rien en emporter.

— C'est assez vrai, cela; mais n'est-il pas étrange combien le squire Jones tenait à toutes ces choses! Je lui ai reproché vingt fois au moins que son moulin endommageait mes bonnes terres, il n'a jamais rien voulu faire pour réparer ce dommage; maintenant que le voilà parti, sa vieille fille Silence est aussi mauvaise et fait plus de bruit que lui, et elle et Marion ont pris une partie de ma terre; mais, voyez-vous, j'ai l'intention de faire régler tout cela.

Le Père Mâchoire s'arrêta pour chercher sur la physionomie de M. Dudley quelque encouragement sympathique; mais le brave homme ne trahissait aucune émotion, et contemplait paisiblement le manche de la longue pelle. Le Père Mâchoire s'agita sur sa chaise, et renouvela son attaque d'une façon plus directe : — J'ai entendu dire, monsieur Dudley, que le squire vous avait joué un vilain tour au sujet de ce lot de terrain.

M. Dudley ne répondait toujours rien; mais la persévérance du Père Mâchoire n'était pas épuisée; il recommença :

— Le squire Abel m'a tout raconté, et il ne sait pas comment cela pourrait s'arranger; mais je me suis pris à lui dire : Que dis-je, squire Abel! dis-je, je parierais presque quelque chose que si M. Dudley voulait me raconter l'affaire, je lui trouverais quelque part un joint pour en sortir; car, dis-je, j'ai vu la lumière du jour, je dis, à travers des questions plus embrouillées que celle-là.

M. Dudley restait muet, et le Père Mâchoire, après avoir attendu quelques minutes, reprit : — Vraiment, monsieur Dudley, je voudrais bien connaître les détails de cette affaire.

— J'ai pris la détermination de ne plus jamais parler de cette affaire, dit M. Dudley d'une voix douce, mais ferme et résolue, qui ôta tout espoir au Père Mâchoire de rien tirer de ce côté; il se mit alors à développer ses propres griefs contre le squire.

— Voyez-vous, commença-t-il tout en prenant les pincettes et ramassant un à un les fragments de charbon qu'il entassait au-dessus de la coquille, voyez-vous, deux jours après l'enterrement (car je ne voulus pas y aller plus tôt) j'allai pour causer de cette affaire avec la vieille Silence, car pour ce qui est de Marion, elle n'entend pas plus à toutes ces choses qu'une chatte blanche. Or, voyez-vous, avant de mourir, le squire Jones avait enlevé une vieille barrière qui séparait sa propriété de la mienne, pour y bâtir à la place un mur de pierre; et lorsque je voulus mesurer, je découvris qu'il avait pris toute l'épaisseur de son mur sur mon terrain, au lieu de n'en prendre que la moitié, comme c'était son droit. Or, voyez, je n'ai pas pu en parler au squire Jones, parce que quand j'ai découvert la chose, il était mort; j'ai pensé alors que je devrais m'adresser à la vieille Silence pour voir si elle consentirait à entrer en arrangement, à peu près sûr d'avance qu'elle ne voudrait rien entendre. Mais si vous aviez entendu la péronnelle s'escrimer du bec, que j'ai cru qu'elle en étranglerait!... Cela lui serait arrivé, si dans le moment la pauvre Marion n'était entrée toute tremblante de peur. Marion est une bien jolie fille, et si douce, si délicate, que ce serait dommage de la vexer, de sorte que pour cette fois je me retirai.

Le Père Mâchoire aperçut enfin un rayon de satisfaction sur le visage du bon vieillard, et il en tira au moins cette consolation qu'il était enfin parvenu à l'intéresser à son histoire.

Cependant M. Dudley méditait profondément sur les moyens de mettre fin à une contestation qui le tourmentait depuis un temps immémorial; et justement il venait de se présenter à son esprit un plan qui se rattache au dénoûment de notre histoire.

Le moyen que le vieillard avait imaginé pour mettre fin aux contestations entre les parties était de ceux considérés comme spécifiques certains pour réconcilier dès la plus haute antiquité les souverains et les États; et il espérait en tirer une influence pacificatrice dans un cas aussi désespéré que celui de miss Silence et du père Mâchoire.

Jadis M. Dudley avait, pendant plusieurs hivers, tenu l'école du district, et parmi ses élèves, il avait compté la gentille Marion Jones, alors une petite fille rose et potelée, avec des yeux bleus, des cheveux blonds frisés, et les meilleures dispositions du monde. Il y avait aussi le petit Joseph Adams, fils unique du père Mâchoire, un beau garçon brun et robuste, qui épelait les mots les plus longs, faisait les plus grosses boules de neige, les plus jolis chalumeaux, et lisait plus vite et plus haut qu'aucun élève de la classe.

Maître Joseph prenait toujours sous sa protection spéciale la petite Marion, la conduisait à l'école, l'aidait à faire les trop longues additions, veillait à ce qu'on ne lui volât pas son déjeuner dans son panier, fouettant, houspillant tout garçon qui lui faisait obstacle. Les années s'écoulèrent, et le père Mâchoire envoya son fils au collège. Il l'y envoya, disait-il, parce qu'il en avait le droit, tout autant que le squire Abel ou un autre. Ce furent ces deux images fraîches et souriantes de son ancien favori Joseph et de sa préférée Marion qui vinrent à l'esprit de M. Dudley, et qui parurent lui ouvrir les portes du futur. Donc, quand le père Mâchoire eut achevé sa phrase, M. Dudley lui dit :

— On dit que votre fils va bientôt recevoir son diplôme et quitter le collège.

Bien qu'un peu surpris de cette brusque transition, le père Adams trouva l'observation trop flatteuse pour ne pas y répondre avec empressement; il répondit avec une grimace de satisfaction :

— Sans doute, je ne vois pas pourquoi le fils d'un pauvre homme n'aurait pas autant le droit de monter que le fils de tout autre, s'il peut y atteindre.

— C'est juste, répliqua M. Dudley.

— Il a toujours montré des dispositions pour apprendre, et rien que pour cela. A la ferme on n'en pouvait rien faire. Si je l'envoyais battre du grain ou entasser des pommes de terre, je le trouvais à la chasse des mulots ou des écureuils; mais avec un livre il était à son affaire. Il apprit plus vite qu'aucun garçon du village; il n'y avait pas un mois qu'il avait commencé son A B C, qu'il lisait déjà les fables, et les mois plus tard dans l'Ancien Testament; et vous voyez, au collège, il est arrivé le premier.

— Et il revient ici la semaine prochaine, dit M. Dudley d'un air pensif.

Le lendemain, à son déjeuner, il fit observer à sa femme : — Sally, n'avez-vous pas l'intention de mettre la nappe (expression proverbiale), de donner un régal la semaine prochaine?

— Je ne vous en ai pas dit un mot; qu'est-ce qui vous fait penser à cela?

— J'ai cru que vous m'en aviez parlé, dit paisiblement le vieillard.

— Mais cela n'est pas impossible, si je puis avoir la vieille Suzanne pour m'aider à faire les gâteaux et les tartes.

— Vous ferez bien, je crois, répliqua M. Dudley; nous inviterons toutes les jeunesses du village.

Nous passerons par-dessus toutes les opérations de mouture, de pétrin, de mâchage et de cuisson, qui, la semaine suivante, révélaient l'approche du jour férié dans la cuisine de M. Dudley; Suzanne, la prêtresse, obligée de ces grandes solennités, avait présidé à tous les préparatifs, et la nappe hospitalière se trouva mise au jour indiqué.

Les invitations n'avaient pas manqué de comprendre les demoiselles Silence et Marion Jones; M. Dudley avait poussé la galanterie, au point de se rendre lui-même porteur du message. Il en fut récompensé par une bordée de miss Silence, qui lui donna un échantillon de sa pensée en matière des droits des veuves et des orphelins; ce à quoi le bon vieillard se contenta de répondre avec beaucoup de douceur :

— Bien, bien, miss Silence, vous jugerez mieux toutes ces choses avant peu; ainsi il vaut mieux ne pas en dire davantage sur ce sujet. Et prenant son chapeau, il partit, laissant miss Silence extrêmement soulagée d'avoir déchargé sa conscience, mais affirmant qu'autant valait tirer un coup de fusil dans une balle de coton que de chercher à discuter avec M. Dudley. Malgré cela, elle n'irait pas, disait-elle, à cette partie, et Marion pas davantage.

— Mais, ma sœur, pourquoi pas? dit la jeune fille; je crois que j'irai. Et Marion dit ces mots avec une douceur si affirmative, que Silence en fut ébahie.

— Qu'avez-vous, Marion? dit-elle ouvrant de grands yeux; auriez-vous donc le cœur d'aller chez l'homme qui fait tout ce qu'il peut pour nous ruiner?

— J'aime M. Dudley, répliqua Marion ; il a toujours été bon pour moi quand j'étais enfant, et je ne croirai pas qu'il soit devenu méchant depuis.

Lorsqu'une jeune personne affirme qu'elle ne croira pas une chose, les bons juges de l'humaine nature peuvent l'abandonner comme perdue ; mais miss Silence, pour qui le langage d'opposition était entièrement neuf, ne pouvait en croire ses oreilles. Elle répéta en conséquence, mais sur un ton plus haut, tout ce qu'elle avait dit auparavant ; système de raisonnement qui, s'il n'est pas rigoureusement logique, rencontre néanmoins la sanction d'autorités très-respectables chez les lettrés et les savants.

— Ma chère Silence, dit Marion lorsque l'orage se fut calmé faute d'aliments, si ce n'était pas avoir l'air d'être fâchées contre M. Dudley, je resterais pour vous obliger ; mais ce serait prendre part dans une querelle dont je ne veux jamais entendre parler.

— Alors on vous marchera dessus, et l'on vous foulera aux pieds, dit Silence. En tout cas, s'il vous plaît de faire la sotte, il ne me plaît pas de suivre votre exemple ; et elle sortit furieuse de la chambre. Mais il arriva que miss Silence, après avoir dépensé toute sa colère, n'en trouva plus pour le moment décisif. Il en résulta qu'après avoir dit tout ce qu'elle avait à dire sur le sujet à M. Dudley et à Marion, elle se calma et devint de meilleure humeur ; puis vinrent les réflexions sur les charmes d'une partie comme celle projetée, les bavardages, les médisances sur telle ou telle. Pourquoi n'irait-elle pas, après tout? Quel mal y aurait-il?... Conclusion importante ! Son devoir n'était-il pas d'accompagner partout Marion, qui n'avait plus de mère pour veiller sur elle ?

En conséquence de toutes ces sages réflexions, le jour suivant, tandis que Marion était occupée à tresser ses jolis cheveux devant son miroir, elle fut saisie de peur en voyant entrer dans la chambre miss Silence, roide comme un piquet, dans son fourreau de soie changeante, et coiffée d'un haut peigne de corne.

— Eh bien, Marion, dit-elle, si vous voulez absolument aller ce soir à cette partie, je pense qu'il est de mon devoir de vous y accompagner.

Que de gens se trouveraient dans l'embarras sans ce puissant abri du devoir, sous lequel ils se réfugient pour excuser la versatilité de leur esprit! Marion retint un sourire de malice, qui, malgré elle, s'épanouissait aux deux angles de ses yeux, et dit à sa sœur qu'elle la remerciait de sa sollicitude. Elles partirent ensemble.

En route, Silence fit un long discours sur l'importance qu'il y avait pour tout le monde à défendre ses droits et à ne se laisser molester par personne.

La journée se passa très-agréablement : les dames âgées mangèrent et firent des cancans ; les plus jeunes discutèrent sur les mérites des jeunes gens que l'on attendait pour égayer la réunion du soir. On citait parmi eux le nouvel arrivé, Joseph Adams, rapportant du collège une auréole de science et de gloire littéraire.

On déclara à la majorité des voix que le jeune homme était en somme un bel homme, bien qu'il y eût quelques discussions sur la manière dont il portait ses favoris, l'une objectant qu'il leur laissait prendre un trop grand développement, une autre soutenant qu'ils avaient la juste proportion, tandis qu'une troisième affirmait qu'il n'en portait pas du tout. La question majeure était de savoir s'il était déjà engagé dans quelque liaison d'amour, et comme la question fut résolue négativement, on se divertit beaucoup sur les prédictions d'une telle capture, chacune niant qu'une telle faveur pût tomber sur elle, et toutes en mourant d'envie.

Enfin sonna l'heure tant désirée, et l'un après l'autre les seigneurs de la création firent leur entrée, précédant le héros tant attendu, qui vint l'un des derniers.

— Voilà Joseph Adams! C'est lui ! c'est celui-ci! Tel fut le murmure qui circula dans la pièce lorsqu'un beau et sémillant garçon fit son entrée avec l'aisance due à l'habitude d'affronter les regards inquisiteurs de tout un essaim de beautés.

Notre ami Joseph avait passé la plus grande partie de son temps à N***, courtisant les grâces et les muses de l'endroit. Sa belle prestance, ses manières distinguées, le charme de sa conversation, l'avaient fait rechercher du beau monde de N***.

Il nous reste sur le compte de notre héros une vérité à dévoiler, sur laquelle, pour remplir consciencieusement notre devoir d'historien, nous glisserons légèrement, afin de lui conserver les bonnes grâces de nos lectrices. M. Joseph Adams, reconnu sans rival au collége, et gracieusement adulé dans les salons par les beautés en renom, inclinait fortement à se croire un jeune homme remarquable, et à penser avec assurance qu'il n'aurait qu'à se présenter pour plaire, pensée très-inconvenante pour un jeune homme. Quoi qu'il en fût, il circula parmi les dames, donnant des poignées de main aux douairières, et écoutant avec complaisance les commentaires sur sa croissance et sur les avantages personnels qu'il avait acquis, le tout correspondant en points de ressemblance avec père, mère, grand-père, grand'mère, que les femmes âgées croient toujours retrouver dans la jeunesse.

Il eut bientôt reconnu parmi les jeunes ses anciennes camarades d'école, et ses compagnes dans les excursions d'été et les vendanges, et trouva aussitôt divers sujets inépuisables de conversation. Néanmoins, son œil errait parfois autour de la chambre, comme s'il lui manquait encore un de ses plus heureux souvenirs. Mais il s'anima tout à coup d'un éclair radieux en découvrant la longue et maigre figure de Silence ; étaient-ce bien les charmes séduisants de celle-ci, ou d'autres causes, qui mettaient tant de feu dans ses regards, c'est ce que le lecteur décidera lui-même.

Mademoiselle Silence avait pris la ferme détermination de ne plus jamais adresser la parole au Père Mâchoire ni à aucun de sa race ; mais elle fut prise d'assaut par la franchise de l'abord du jeune homme, qui lui tendit la main comme à une vieille amie. Une fille de quarante ans ne pouvait résister à ce témoignage adressé par un beau jeune homme : miss Silence donna sa main, et répondit avec une gracieuseté qui l'étonna elle-même. Cependant deux yeux bleus bien doux, brillant dans un coin de la chambre, cherchaient à reconnaître dans notre héros les traits de l'écolier d'autrefois. C'était bien lui, toujours lui, avec ces mêmes regards joyeux qui veillaient jadis sur elle derrière le grand alphabet ; et Marion donna un soupir à ces souvenirs du passé, s'étonnant qu'elle pût encore songer à tant d'enfantillages.

— Comment va votre sœur, la petite Marion ? s'informa Joseph.

— Elle est ici, dit Silence ; ne l'avez-vous donc pas encore vue ? Elle est là-bas dans ce coin.

Joseph n'en pouvait pas croire ses yeux. Il avait devant lui une grande belle fille, svelte, fraîche et rose, un vrai modèle de parfaite santé alliée à toute la délicatesse féminine des jeunes filles de la Nouvelle-Angleterre.

Elle racontait quelque plaisante histoire à un groupe de filles jeunes et gaies comme elle ; les riches couleurs qui circulaient sous le duvet de ses joues, les fossettes qui se jouaient du menton aux lèvres comme autant d'amours, la limpidité de l'œil, les boucles ondoyantes, et par-dessus tout ce sourire heureux, la franchise et la simplicité d'expression qui rayonnaient autour d'elle, tout cela réuni formait un ensemble si parfait, si séduisant, que notre héros en devint muet de surprise ; et lorsque Silence, qui avait à un degré remarquable la promptitude d'exécution, eut dit à haute voix : Marion ! venez ici, voici Joé Adams qui demande de vos nouvelles, notre expérimenté jeune homme se sentit rougir jusqu'à la racine des cheveux, et il eut à peine assez de présence d'esprit pour s'incliner et saluer. Marion rougit aussi ; mais le trouble qu'elle découvrit chez son ancien camarade d'école donna à l'expression de sa physionomie un air de malicieuse timidité qui ne fit qu'accroître la confusion de Joé.

— Je ne suis qu'un maladroit, pensa-t-il ; et rassemblant son courage, il s'élança dans le cercle formidable des beautés ; causant avec les unes, appelant les autres par leurs noms de baptême, et se souvenant de choses qui n'étaient jamais arrivées avec l'aplomb le plus imperturbable.

— Il est devenu bien beau garçon, pensait Marion, qui rougit chaque fois que les yeux noirs de notre héros se croisaient avec les siens, et semblaient lui adresser la même observation. Lorsque la société se dispersa à neuf heures très-précises, selon les us et coutumes du village, notre héros réclama de miss Silence l'honneur de la reconduire chez elle, acte de considération qui l'éleva d'une manière sensible dans l'opinion de la demoiselle. Il faut dire que, s'il lui offrit son bras droit, Marion appuyait légèrement sa petite main blanche sur son bras gauche, et que cette légère pression activait avec une puissance magique les battements de son cœur, au point que les bâtons rompus de la conversation causaient fréquemment à miss Silence l'occasion de répéter : Que disiez-vous? Vous alliez dire quelque chose ? et autres formules d'interrogation.

Lorsqu'ils se séparèrent à la grille, Silence l'invita cordialement à les venir voir quand cela lui ferait plaisir, invitation qu'il considéra comme la chose la plus importante qui se fût dite de toute la soirée.

Les pensées de Joé, en rentrant chez lui d'un pas lent et sobre, prirent une direction toute nouvelle sur les ennuis de la solitude, le besoin d'amis qui se comprennent, les charmes de la sympathie, et autres questions psychologiques. La nuit, il rêva qu'il trottait, son petit panier sous le bras, vers la vieille maison d'école, et qu'il essayait en vain de rattraper Marion Jones, qu'il apercevait devant lui avec son petit chapeau de paille ; puis il se retrouvait dans l'école assis à côté d'elle, tous deux penchés sur une ardoise, et les boucles soyeuses de la jeune fille produisant en lui une commotion électrique chaque fois qu'elles frôlaient son visage ; puis il accablait de boules de neige Tom William, parce qu'il avait fait tomber le château de cartes de Marion ; ou bien il était assis sur un banc avec elle, pour lui aider à faire une longue addition ; mais, avec cette fatalité que présentent souvent les rêves, il avait beau compter et recompter, il ne trouvait jamais la même somme, et il se réveilla le matin, pestant contre la mauvaise fortune, et Marion, qui le regardait avec ce sourire malicieux de la veille.

— Joseph, dit le Père Mâchoire le lendemain à déjeuner, je suppose que les filles du squire Jones n'étaient pas à cette soirée ?

— Mais, si, mon père, elles y étaient toutes les deux.

— Vous plaisantez ?

— Pas le moins du monde ; elles étaient présentes.

— Je croyais que la vieille fille avait trop de fierté pour cela; vous savez qu'il existe une contestation entre M. Dudley et ces deux filles?

— En vérité ! dit Joseph ; je croyais que le diacre ne se querellait jamais avec personne.

— Non, mais Silence se querellera avec lui ; c'est une rude créature, celle-là. Et le Père Mâchoire se renversa sur sa chaise pour songer avec plaisir aux rares qualités de miss Silence pour les discussions.
— Mais je la dompterai, reprit-il, j'en connais les moyens.

— Je ne savais pas, mon père, que vous eussiez rien à démêler avec leurs affaires.

— Vous ne saviez pas cela ? Vous verrez si je n'ai rien à démêler avec eux... Écoutez, Joseph, je veux que vous soyez avocat; je le suis pas mal déjà moi-même pour un homme qui n'a pas été au collège. Mais voici de quoi il s'agit... Et le père Adams se lança dans un exposé des motifs du litige, et conclut par ces paroles : Maintenant, Joseph, voici la pierre sur laquelle vous pourrez aiguiser vos esprits.

En témoignage de son obéissance pour les volontés de son père, notre héros se dirigea après son déjeuner vers la maison du squire Jones, sans doute pour passer en revue les prairies, le moulin et le mur de pierre ; mais, par une incroyable méprise, il arriva droit devant la porte de la maison.

Le vieux squire avait fait partie de l'aristocratie du village, et sa maison était le modèle du genre pour l'architecture et l'ameublement. La grande pièce sur le devant, au lieu d'être grossièrement parsemée de sable fin, resplendissait d'un beau tapis à raies rouges, jaunes et noires. Une massive garniture en cuivre bruni à blanc, composée d'énormes chenets et de pelles et pincettes d'une hauteur démesurée, garnissait l'antique cheminée de marbre. La sainteté du lieu était entretenue par de gros volets de chêne, presque toujours fermés, ne laissant passer la lumière que par deux ouvertures pratiquées dans le haut, et que l'on n'ouvrait que dans les grandes solennités.

Notre héros fut donc surpris de trouver ouvertes la porte et les fenêtres de cet appartement. L'ameublement conservait son ampleur matérielle et gothique, mais divers objets plus légers attestaient que des doigts plus fins avaient travaillé à son embellissement depuis les jours de la bonne dame Jones. On voyait sur une jolie table ronde un vase de fleurs, quelques livres de poésie, un petit panier à ouvrage d'où s'échappaient des échantillons de broderie, un petit pupitre avec écritoire, et l'album indispensable dans la collection d'une dame, avec ses feuilles de toutes les couleurs de l'arc-en-ciel, renfermant des vers à la louange de la jolie Marion.

— Ah ! ah ! dit en lui-même M. Joseph Adams, cette paisible beauté ne manque pas d'adorateurs, ce me semble. Son cœur serait-il déjà pris ? Le bruit imperceptible d'un pas léger et le frôlement d'une robe vinrent interrompre le cours de ses observations, et miss Marion parut devant lui.

— Bonjour, miss Jones, dit-il en s'inclinant.

Il y a quelque chose d'assez comique pour deux jeunes gens qui se sont connus enfants et sous les dénominations familières de Marion ou Joseph, de se retrouver grands, et de se dire pour la première fois monsieur et mademoiselle. Tous deux sont enclins à reprendre la familiarité de leur premier âge, et sont gauchement retenus dans leur élan par la pensée qu'ils ne sont plus enfants. Les deux jeunes gens avaient déjà, la veille, éprouvé cette sensation ; mais elle revenait plus forte, alors qu'ils se retrouvaient seuls ; et lorsque Marion eut offert une chaise à M. Adams, et que M. Adams se fut informé de la santé de miss Marion, il s'ensuivit entre eux une pause, qui, plus elle se prolongea, plus elle parut difficile à rompre, et pendant laquelle le joli visage de Marion s'épanouissait sous une expression de gai et malicieux sourire. M. Adams regardait la fenêtre, le manteau de la cheminée, le plafond, puis le tapis, et enfin Marion. Leurs yeux se rencontrèrent : l'effet fut électrique ; tous deux partirent d'un éclat de rire. La glace était rompue.

— Vous rappelez-vous, Marion, notre vieille école ?

— Je me doutais bien que c'était là ce que vous pensiez; mais en vérité vous avez tant grandi, et vous êtes tellement changé, qu'hier au soir je ne pouvais en croire mes yeux.

— Et moi, donc ! dit Joseph avec un regard éloquent qui donnait à son exclamation une ardente signification.

Nos lecteurs peuvent s'imaginer qu'après ce préambule la conversation devint progressivement confidentielle et intéressante... que les deux jeunes gens se racontèrent mutuellement tout ce qui les avait impressionnés pendant leur séparation, et qu'ils découvrirent dans l'esprit l'un de l'autre une foule de qualités dont ils n'avaient pas la moindre idée avant leur rencontre. Joseph fit naître l'occasion de promettre d'apporter des livres, afin de pouvoir revenir le lendemain.

Nos jeunes amis s'habituèrent peu à peu à se voir tous les jours sans bien se rendre compte que l'habitude devenait pour eux une nécessité. Ils passèrent de longues soirées à faire des promenades au milieu des bois et de la campagne riches des derniers parfums de l'automne, parlant sentiment et poésie. Presque tous les jours Joseph

trouvait un nouveau prétexte pour revenir le lendemain : un livre pour miss Marion, des racines ou des herbes pour miss Silence, ou du chanvre fin pour tisser ; soins et attentions qui lui conservèrent les bonnes grâces de cette dernière, lui faisant dire que c'était un jeune homme sachant comment on doit se conduire dans le monde.

On ne suppose pas que toutes ces choses se passaient sans éveiller la curiosité des oisifs et des mauvaises langues, toujours occupés à épier les faits et gestes des étoiles brillantes du pays; et comme il est d'usage en pareil cas, on affirmait comme certains des faits ignorés même des parties intéressées. Les jeunes gens et les jeunes filles chuchotaient et plaisantaient entre eux sur l'issue probable et prochaine de cette liaison, tandis que les matrones traitaient gravement la question lorsqu'elles se réunissaient le soir pour filer et tricoter, supputaient les fortunes des demoiselles et du père Adams, et les qualités ménagères de la jeune fille et les qualités morales du jeune homme.

Mais les plus effrayantes suppositions s'élevaient sur la conduite que tiendrait le père Adams lorsqu'il serait instruit de l'affaire. On connaissait son procès avec les deux sœurs, et l'on se demandait ce qu'il adviendrait d'un conflit entre deux vigoureux athlètes comme lui et miss Silence à propos d'une alliance entre les deux familles. On disait en outre que M. Dudley ayant des droits sur la portion qui revenait à Marion, la perte de cette part rendrait plus difficile encore le consentement du Père Mâchoire. Miss Silence ignorait tout ce qui se passait autour d'elle et continuait à traiter Marion en petite fille, n'ayant pas la moindre idée qu'une fille qui ne pouvait sans être surveillée faire des conserves ou de donner un dîner songeât à devenir elle-même une maîtresse de maison. A la vérité, elle commençait déjà à remarquer un changement extraordinaire dans l'esprit et les manières de sa sœur, qu'elle perdait parfois la tête, oubliant de mettre le gingembre dans les pains d'épice, mettant dans d'autres de la farine de moutarde, entraînant la salière avec la nappe, et laissant dix fois par jour entrer le chat dans le garde-manger; et enfin, lorsqu'elle la grondait pour toutes ces étourderies, elle se mettait à pleurer, et faisait toutes choses un peu plus mal qu'auparavant. Silence pensant que Marion était atteinte d'une maladie nerveuse, lui fit une décoction d'absinthe et de chiendent pour calmer, disait-elle, cette irritation. La pauvre Marion avait beau protester qu'elle n'était pas malade, miss Silence répondait qu'elle savait mieux qu'elle ce qu'il fallait pour la guérir. Un soir elle entretint longuement M. Joseph Adams sur tous ces symptômes qu'elle avait observés chez sa sœur, concluant par la demande de son avis sur les propriétés de l'absinthe et du chiendent.

La pauvre Marion avait ce jour même subi les tracasseries et les allusions de ses jeunes compagnes sur ses rapports avec Joseph Adams, la laissant bien convaincue que les pierres et les feuilles étaient dans la confidence de ses plus secrètes pensées, et qu'elle n'aurait bientôt plus rien de caché pour celui dont elle ignorait encore les intentions. Il trouverait bien certainement qu'elle se conduisait comme une sotte, il n'éprouvait pour elle sans doute qu'une amitié fraternelle, et elle ne voulait pour rien au monde qu'il soupçonnât qu'elle eût pour lui autre chose qu'une affection de sœur ou d'ancienne camarade. Elle était donc assise à son tricot, agitant ses aiguilles sans trop savoir ce qu'elle faisait, lorsque la voix stridente de Silence frappa son oreille.

— Marion, comment tournez-vous donc ce talon ? Pouvez-vous me dire ce que vous faites là ?

Marion laissa tomber son tricot, et s'enfuit dans une autre chambre.

— Avez-vous jamais vu cela? dit Silence posant l'ouvrage qu'elle tenait à la main. Que pensez-vous de cela, monsieur Adams ?

— Miss Marion est sans doute indisposée, répliqua gravement notre héros. Je vais lui recommander de suivre vos conseils, miss Silence.

Notre héros alla retrouver sur le seuil de la porte Marion, qui regardait la lune et les étoiles, et la pria de lui confier ses chagrins.

Elle n'avait rien, répondit-elle ; les jeunes filles avaient l'habitude de se plaindre lorsqu'elles étaient seulement tristes et moroses; et pour prouver qu'elle était en excellente disposition d'esprit, elle se mit à massacrer un pauvre rosier qui n'en pouvait mais.

— Marion! dit Joseph lui prenant la main et d'un ton solennel qui la fit tressaillir. Elle rejeta en arrière ses longues boucles de cheveux, et le regardant avec une innocente confiance...

Achevez cette partie de notre histoire, cher lecteur. Nous n'aimons pas à révéler ces mystères sacrés... les pensées qui se transforment en aveux brûlants dans ces épanchements du cœur, qui n'ont pour témoins que la lune muette et silencieuse. Vous vous imaginerez sans effort les suites de cette confidence. Nous affirmerons seulement aux incrédules que ces sortes de maladies dont Silence croyait sa sœur atteinte se guérissent sans le secours d'absinthe ou de chiendent. Notre héros et notre héroïne furent rappelés aux réalités sublunaires par la voix de miss Silence, qui s'avançait dans le corridor pour savoir ce qu'au monde on pouvait avoir à se dire si longtemps dans l'obscurité. La sœur aînée fut bientôt rassurée par les paroles d'un jeune homme instruit et savant comme M. Joseph, qui lui représenta qu'il n'y avait nullement à s'alarmer de la situation de sa sœur. A partir de cette soirée, Marion sentit son cœur soulagé d'un poids énorme.

— Savez-vous ce qu'on me dit, Joseph? dit un jour le père Adams: on dit que vous vous êtes mis dans la tête de faire la cour à cette petite Marion Jones. J'ai justement envie de savoir si ce qu'on dit est vrai?

La brusquerie de cette attaque était bien faite pour prendre notre héros par surprise; il ne put que répondre :

— Si cela était... y trouveriez-vous quelque objection, mon père?

— Ne me parlez pas de cela... Je vous demande si ce qu'on dit est vrai?

Joseph mit ses mains dans ses poches, et s'approcha de la fenêtre en sifflant.

— Parce que si cela est, je vous conseille de défaire votre cœur le plus vite que vous pourrez, attendu que la fille du squire James n'aura jamais un sou de mon argent; c'est moi qui vous le dis.

— Ma foi, mon père, je pense que Marion Jones ne saurait être blâmée pour les sottises de son père, et je vous assure que c'est une bien jolie personne.

— Je m'inquiète peu si elle est jolie; qu'est-ce que cela peut me faire? Je vous ai envoyé au collége, Joseph, et cela m'a coûté cher, croyez-le bien; vous voici de retour, et pour votre premier exploit vous faites la cour à cette fille du squire Jones, qui se donnait toujours des airs d'être plus que moi. D'ailleurs, j'ai l'intention d'avoir un procès au sujet de cette propriété. M. Dudley aussi veut leur faire un procès, et si nous gagnons cette fille ne possédera plus rien; et si vous vous mariez, je veux que vous ayez quelque chose. C'est un tour que ces filles veulent me jouer; mais je le leur rendrai bien. Je vais aller causer un peu avec cette Silence, et lui faire connaître ma manière de voir à son sujet.

— Silence, dit Marion retirant vivement sa tête de la fenêtre et d'une voix émue, voici M. Adams qui vient chez nous.

— Joé Adams? Eh bien! qu'y a-t-il là d'étonnant?

— Non pas lui, ma sœur, mais son père... C'est le père Mâchoire.

— Quand ce serait lui, enfant? Pourquoi vous effaroucher? Croyez-vous donc qu'il me fait peur? S'il en veut plus que je ne lui en ai servi la dernière fois, il aura son compte. Et miss Silence prit son tricot, et vint s'asseoir dans son grand salon, droite comme un piquet, les lèvres pincées et dans une attitude de défi, tandis que la pauvre Marion, sentant son petit cœur battre dans sa prison à tout briser, se glissa hors du salon.

— Bonjour, mademoiselle Silence, dit le père Adams après avoir essuyé ses pieds pendant un quart d'heure.

— Jour, monsieur, dit Silence supprimant l'augmentatif bon.

Le père Adams prit une chaise, et vint d'un air délibéré s'asseoir en face de son ennemic, mit son chapeau à terre, et contempla miss Silence d'un air satisfait, comme le loup prêt à fondre sur sa proie.

Miss Silence releva dédaigneusement la tête, trouvant au-dessous d'elles de commencer les hostilités.

— Ainsi donc, miss Silence, vous n'êtes pas disposée à faire de concession dans notre affaire?

— Quelle affaire? répliqua Silence avec l'intonation d'une châtaigne qui éclate en rôtissant dans la poêle.

— Je croyais vraiment, miss Silence, que dans l'entretien que j'eus avec vous concernant la fraude du squire Jones...

— Monsieur Adams, dit Silence, je vous préviens tout d'abord que je ne supporterai pas une seule de vos insolences. Vous n'avez pas l'ombre de politesse, ni de bon sens, ni de la décence, d'oser venir me parler dans ces termes de mon propre père; et je ne le tolérerai pas, je vous en préviens.

— Comme vous y allez, miss Jones! Sans doute votre père est mort et enterré; et nous pouvons passer sur le mot fraude, comme je disais à M. Dudley, qui me parlait de ce lot de terre... Vous savez ce lot qu'il lui a vendu, et dont il ne lui a jamais remis l'acte de vente?

— C'est un mensonge! vociféra Silence, qui se leva droite et furieuse; c'est un infâme mensonge! Je vous le dis en face avant que vous ajoutiez un mot de plus.

— En vérité, miss Silence, vous paraissez un peu susceptible. Enfin, s'il lui plaît d'oublier cela, d'autres l'oublieront aussi, parce que M. Jones était un membre de l'Église, et que M. Dudley est chatouilleux sur le compte des docteurs. Mais vraiment, miss Silence, je ne croyais pas que vous et Marion vous fussiez si rusées dans vos manières d'agir.

— Je ne sais ce que vous voulez dire, et ce qu'il y a de mieux, je m'en moque, riposta Silence, qui reprit son ouvrage, et assuma l'attitude roide et gourmée qu'elle avait au début.

Il y eut un silence de quelques instants, pendant lequel les traits de Silence trahissaient de vains efforts pour comprimer la sourde rage qui bouillonnait au fond de son cœur, ce que le père Mâchoire observait avec une joie mal déguisée.

— Voyez-vous, continua le vieux sournois, je n'aurais pas eu tant d'objections à ce que votre sœur Marion fît la cour à mon fils Joé sans ces mauvaises affaires.

— Faire la cour à votre fils! Monsieur Adams, qu'entendez-vous par ces paroles? Personne ici ne recherche votre fils. Sans doute il est poli, plus poli que vous; mais, avec un vieux dragon de père comme

vous, je vous réponds qu'il ne trouvera personne pour lui faire la cour, ni pour se la laisser faire par lui non plus !

— Ma foi, miss Silence, vous n'êtes guère polie vous-même.

— Polie! je voudrais bien savoir qui pourrait rester polie avec vous? Vous savez aussi bien que moi que tout ce que vous venez de dire là, c'est par pure méchanceté, et c'est tout ce que vous savez faire dans tout le village.

— Miss Silence, je ne veux pas avoir de raisons avec vous. Tout le village à la ronde sait très-bien que votre sœur Marion compte épouser mon Joé, et vous pensiez peut-être que c'était le meilleur moyen d'arranger nos affaires. Mais, voyez-vous, j'ai dit à mon fils que je ne pouvais m'arranger de toutes ces manigances-là; je lui ai dit que des jeunes gens, pour commencer la vie de ménage, devaient avoir l'un et l'autre un peu de fortune, et que si Marion perdait ce lot de terre, comme c'est probable, sa part en serait par trop réduite; vous voyez donc bien que je ne veux pas vous laisser de fausses espérances sur ce point.

— Ah! par exemple, c'est trop fort! s'écria Silence hors d'elle-même. Croyez-vous donc, vieux grigou, que je ne devine pas ce qui vous amène ici? Moi et Marion courtiser votre fils! N'avez-vous pas honte de votre conduite? et pouvez-vous me dire ce que nous avons fait, l'une ou l'autre, pour vous mettre de telles billevesées dans la tête?

— Je ne pensais pas que vous le recherchiez pour vous-même, dit le père Mâchoire, car je suppose qu'aujourd'hui vous avez à peu près renoncé à tout cela, n'est ce pas? Mais Marion y songe, je vous le dis.

— Marion! Marion! ici, descendez tout de suite! que je vous parle! cria miss Silence ouvrant violemment la porte. M. Adams veut vous parler.

Marion, toute tremblante, descendit lentement l'escalier de l'étage supérieur, et s'arrêta à l'entrée de la chambre, regardant alternativement sa sœur et le père Adams, pour deviner ce qu'on lui voulait; elle n'eut pas lieu de s'impatienter.

— Marion, voici cet homme qui prétend que vous avez tendu des filets pour enjôler son fils et lui faire la cour, et je vous ai fait descendre pour que vous lui disiez vous-même que vous n'avez jamais songé à lui et que vous n'y songerez jamais.

Cette manière assez inconsidérée d'aborder la question eut pour effet de faire rougir Marion jusqu'au blanc des yeux, tandis qu'en coupable convaincue elle baissait les yeux sur le tapis.

Malgré sa nature sauvage, le père Mâchoire se sentait ému devant une jolie fille, comme on dit que le sont les animaux féroces lorsqu'ils entendent de la musique; il contemplait donc d'un œil plus doux que celui de miss Silence les traits timides et pudiques de la pauvre enfant, tandis que sa sœur, irritée de son silence, la secouait par le bras et lui disait avec insistance :

— Mais parlez donc, Marion! pourquoi ne répondez-vous pas?

Avec le courage du désespoir, Marion retira vivement sa main de l'étreinte de sa sœur, et se redressant avec la dignité de la fleur qui relève la tête après une ondée :

— Ma sœur, dit-elle, je ne serais pas descendue si j'avais su devoir entendre de semblables paroles. Monsieur Adams, je vous répondrai que votre fils m'a recherchée, et que je n'ai pas été chercher votre fils. Si vous désirez en savoir davantage, il vous renseignera beaucoup mieux que moi.

— Par ma foi! elle est bien jolie, s'écria le père Adams pendant que Marion fermait la porte sur lui. Après ce tribut involontaire rendu à la beauté, il ramassa son chapeau, et dit : Je crois qu'il ne me reste plus qu'à m'en aller; et il se dirigea vers la porte; mais au moment de l'ouvrir : Miss Silence, si vous désirez conclure quelque chose concernant ce gros mur, vous n'aurez qu'à me le faire dire.

Sans daigner lui répondre, Silence se dirigea vers la petite chambre de Marion, où notre héroïne concluait son dernier acte de courage par une surabondance de larmes.

— Marion, je ne vous croyais pas si sotte, dit sa sœur. Je ne veux pas savoir, quant à présent, si vous avez réellement songé à vous marier avec ce Joseph Adams.

Pauvre Marion! Quelle brutale intervention dans tous les jolis petits rêves romantiques d'amour sentimental et mille autres délicieuses rêveries qui voltigent autour d'un amour virginal! Entendre dévoiler par des voix rudes et criardes tous ces petits secrets qu'elle n'osait s'avouer à elle-même, c'était pour la pauvre enfant voir tout à coup arracher par des mains grossières le tissu transparent de l'amour idéal sous lequel se réfugient tant de chérubins blancs et roses. Elle ne répondit à l'interpellation de sa sœur que par des soupirs et des sanglots plus violents.

Le cœur de miss Silence était robuste, mais non pas insensible : lorsqu'elle vit Marion prendre la chose au tragique, elle se radoucit graduellement.

— Voyons, pauvre petite sotte, dit-elle lui donnant une légère tape en guise de sympathie; vous me faites de la peine. Ce bon à rien vous a ensorcelée sans doute.

— Oh! n'en parlons plus de cela, je vous en supplie, j'en suis malade!

— Voilà comme je vous aime, Marion! je suis bien aise de vous entendre parler ainsi. Je vous défendrai, Marion. Ah! si j'attrape

Joseph Adams à rôder par ici avec sa figure de blanc-bec, je lui parlerai !

— Non, non, je vous en prie, ma sœur, ne dites pas un mot de tout ceci à M. Adams.

— En tout cas, je puis bien lui dire que nous ne voulons plus entendre parler de lui.

— Mais je ne veux pas lui dire cela du tout ; c'est-à-dire, je ne sais plus. Enfin, ma sœur, ne lui dites absolument rien.

— Pourquoi pas ? vous n'êtes pas assez simple, je présume, pour vouloir l'épouser malgré tout... hein ?

— Je ne sais pas ce que je veux ou ce que je ne veux pas ; seulement, Silence, si vous m'aimez un peu, promettez-moi de ne rien dire du tout à M. Adams, je vous en prie.

— Allons, c'est bien, je ne lui dirai rien ; mais, Marion, si vous étiez amoureuse pendant tout ce temps, pourquoi ne m'avez-vous rien dit ? Ignorez-vous donc que je remplace notre mère auprès de vous, et que vous eussiez dû vous confier à moi dès le commencement ?

— Je ne sais pas pourquoi, Silence ! je ne m'en sentais pas le courage. Ne parlons plus de tout cela, ma sœur !

— C'est bien, Marion. Mais vous ne me ressemblez pas, allez !

Cette observation, qui avait une haute portée dans la bouche de Silence, mit fin à leur conversation.

Le soir même, notre ami Joseph dirigeait sa promenade habituelle du côté de la maison des deux sœurs, non sans quelque appréhension sur le résultat de sa visite, car il avait deviné à l'air satisfait de son père, que les hostilités étaient commencées. Il entra dans le grand salon, où il ne rencontra que miss Silence, grave et silencieuse cette fois comme un sphinx égyptien, enfonçant vigoureusement son aiguille dans la toile plus que grossière d'un sac à provisions ; occupation qui l'intéressait au point de l'empêcher de s'apercevoir que notre héros était à quelques pas d'elle. Au bonsoir accoutumé de Joseph elle répondit par un froid salut, sans interrompre son travail. Elle semblait tenir à la lettre la promesse qu'elle avait faite à sa sœur de ne rien dire à M. Adams.

Notre héros, nous l'avons dit, était assez au courant des tours et des détours de l'esprit féminin, et intérieurement résolu d'affronter le danger et de ne donner aucun prétexte à miss Silence de lui faire mauvais accueil. La soirée était assez froide et le feu près de s'éteindre. M. Joseph mit en un clin d'œil la chambre sens dessus dessous, jetant de côté et d'autre pelle, pincettes, soufflet, enlevant du foyer cendres, feu et tisons ; puis, courant au cellier, il en sortit une bonne grosse bûche avec d'autres morceaux plus modestes, et reconstruisit avec une habileté magique tout un édifice de combustibles qui ne tardèrent pas à siffler, craquer, pétiller et ronfler en une magnifique flamme dans toute la largeur de l'immense cheminée.

— Là ! voilà ce que j'appelle un feu confortable, dit notre héros ; et tirant à lui une berceuse, il s'y installa complaisamment et se frotta les mains d'un air satisfait. Pendant tout ce temps mademoiselle Silence ne sourcilla pas, mais elle cousait avec une ardeur telle que l'on entendit bientôt dans toute la chambre le cric crac de l'aiguille et le sifflement du fil.

— Avez-vous donc mal à la tête, ce soir, miss Silence ?

— Non ! fut la réponse monosyllabique.

— Vous paraissiez très-pressée d'achever ces sacs ? dit-il jetant un coup d'œil sur un tas de sacs empilés et prêts à être cousus.

Pas de réponse. — Allons, se dit à lui même notre héros, je saurai bien la faire parler.

Le porte-aiguilles et le fil bis de miss Silence étaient étalés sur une chaise à côté d'elle. Joseph choisit une aiguille, l'enfila tranquillement, et prenant un des sacs, il vint s'asseoir en face de miss Silence, épingla son ouvrage sur son genou, et commença de coudre avec une fureur au moins égale à la sienne.

La vieille fille leva les yeux et commença par s'agiter sur sa chaise, puis elle se remit à coudre encore plus vite qu'elle ne l'avait fait ; mais plus elle paraissait habile, plus notre héros semblait prendre à cœur de se modeler sur elle, observant toujours un merveilleux silence. Les muscles du visage de la demoiselle se détendaient peu à peu, puis se contractaient de nouveau, et plus ces signes devenaient fréquents, plus le visage de notre héros gagnait en gravité exemplaire.

Tandis qu'ils étaient ainsi assis en face l'un de l'autre, leurs aiguilles luttant de vitesse comme deux locomotives engagées dans un pari, Marion ouvrit la porte.

La pauvre enfant avait pleuré une partie de la journée, et elle ne se trouvait guère en humeur de plaisanter. Mais du moment que ses yeux ébahis eurent saisi le côté comique de cette scène, sa figure s'épanouit, et elle éclata d'un rire inextinguible. Silence cessa de coudre, et la regarda d'un air moitié riant, moitié fâché.

Notre imperturbable héros continuait gravement son travail, retirant son épingle pour allonger la couture, et la replaçant pour redoubler d'ardeur et de vitesse.

Silence elle-même s'avoua enfin vaincue ; elle se livra, comme sa sœur, à un élan de gaieté convulsive. Alors notre héros détacha son ouvrage, et le repliant avec soin, il la regarda avec l'assurance d'un triomphateur, et dit à Marion :

— Votre sœur avait une si grande quantité d'oreillers à faire pour ce soir, qu'elle en paraissait toute découragée, et elle m'a invité à lui en expédier une demi-douzaine ; elle était si affairée quand je suis entré, qu'elle n'a pas eu le temps de me parler.

— Par exemple, si vous n'êtes pas le premier des effrontés !... dit miss Silence.

— Dites plutôt le premier des *travailleurs*... C'est ce que je pensais.

Marion, qui toute la journée s'était sentie des dispositions tragiques, et qui n'avait songé à rien moins qu'à prononcer une éternelle séparation entre elle et son amoureux, fut complétement révolutionnée dans ses idées par cette nouvelle direction que leur donnait cette plaisanterie, tandis que notre héros cherchait à conserver les avantages qu'il avait su conquérir. Enfin miss Silence déclara que si elle eût savonné toute la journée, elle n'eût pas été si fatiguée que par cet accès imprévu de gaieté ; en conséquence, elle prit sa chandelle, et laissa complaisamment nos deux amoureux s'expliquer comme ils l'entendraient. Il y eut après son départ un moment de grave silence, interrompu par Joseph, qui, venant s'asseoir tout près de Marion, lui demanda sérieusement si son père n'était pas venu le matin même faire à sa sœur des propositions de mariage.

— Non, vous le savez bien, mauvais plaisant ! dit Marion, que l'absurdité de la question fit de nouveau rire aux larmes ; puis elle reprit un petit air boudeur et offensé.

— Voyons, n'allongez pas comme cela votre joli visage, dit Joseph, et parlons sérieusement. J'ai deviné qu'une scène désagréable avait eu lieu ce matin entre mon père et vous ; je ne vous en demande pas les détails. Je vous dirai seulement qu'il a exprimé son mécontentement de notre union projetée, qu'il m'a défendu d'y donner suite, et...

— Et ce vous relève de votre engagement et de toutes promesses que vous avez pu me faire avant même que vous me le demandiez.

— Vous êtes extrêmement accommodante, mademoiselle, répliqua Joseph, mais je ne saurais promettre avec autant d'abandon de renoncer à certaines promesses qui m'ont été faites ; à moins cependant que les sentiments qui les ont dictées n'aient complétement changé d'objet.

— Oh ! non, bien certainement non ! dit Marion avec feu ; vous savez bien le contraire ; mais votre père m'objecte...

— Si mon père vous fait des objections, il est le bienvenu à ne pas vous épouser, miss Marion.

— Joseph, soyez sérieux si vous pouvez !

— Eh bien donc, sérieusement, Marion, je connais mes devoirs envers mon père ; et pour tout ce qui concerne son bien-être, je me montrerai toujours son fils soumis et respectueux ; car en fait de soumission, je n'ai pas l'orgueil d'un collégien ; mais dans une question aussi personnelle que celle de me choisir une femme, question qui intéresse le bonheur de toute ma vie, et longtemps encore après que mon père aura cessé d'exister, je pense avoir le droit de consulter ma propre inclination, et avec votre permission, ma chère petite amie, je prendrai cette liberté.

— Mais, si vous contrariez votre père, vous savez comme il est vindicatif, et comment je pourrai devenir un obstacle à votre fortune ?

— Croyez-vous donc, ma chère Marion, que je dépende entièrement de mon père, comme l'héritier d'un majorat en Angleterre, qui n'a qu'à rester tranquillement sur sa chaise et attendre que la fortune vienne le chercher ? Non, j'ai du courage et de l'éducation pour marcher en avant, et si avec cela je ne trouve pas les moyens de pourvoir pour vous et pour moi, alors renoncez à moi, vous ferez bien !

En accentuant ces paroles, le visage de Joseph brillait du sentiment de sa force et de son indépendance. Il s'arrêta un moment, puis il reprit avec plus de calme :

— Néanmoins, Marion, je respecte mon père, quelle que soit l'opinion du monde à son égard ; je n'oublierai jamais que c'est aux fruits de son travail que je dois aujourd'hui l'éducation qui me met à même de faire ou d'être quelque chose. Je ne désespère pas d'obtenir son consentement ; mon père est doué d'une grande partialité pour les jolies personnes ; et si l'on ne contrarie pas son amour pour la contradiction par une opposition intempestive, je m'en fie au temps et à vous-même pour obtenir son consentement ; mais, quoi qu'il arrive, soyez assurée, ma très-chère Marion, que mon choix est fait pour la vie, et que je suis incapable d'en changer.

La conversation prit ensuite un cours facile à imaginer par ceux qui se sont trouvés dans semblable situation, et n'a pas besoin par conséquent d'être illustrée par nous.

— Je ne sais vraiment qu'en penser, monsieur Dudley ; croiriez-vous que mon fils Joé s'est pris d'une belle passion pour cette jeune Marion ?

Telle fut l'entrée en matière du Père Mâchoire dans une de ses visites périodiques à M. Dudley, qu'il trouva assis comme de coutume devant un bon feu de charbon de terre tandis que la respectable ménagère, assise à ses côtés, agitait les aiguilles d'un tricot.

Un profond observateur eût soupçonné que cette nouvelle ne surprenait pas beaucoup le brave homme, qui depuis quelque temps donnait d'assez fréquents conseils à maître Joseph sur le même sujet ; mais il se contenta de sourire paisiblement, et répondit : — Il faudrait voir !

— Oui! et par ma foi, cette fille est fort jolie. Je leur disais chez moi que la femme de notre nouveau ministre n'était rien à lui comparer.

— Et votre fils va l'épouser? dit la bonne dame; je savais cela depuis longtemps.

— Non, pas tout à fait si vite; nous sommes deux pour décider cela. Joé ne m'en a jamais dit un mot, et il a pris sous son bonnet de faire la cour à cette jeune fille; et quand j'ai découvert la chose : Joé, lui dis-je, cette fille ne me convient pas; et je lui ai parlé de l'histoire du mur et du vieux moulin, et de ce lot de terre de Marion; et je voudrais savoir aujourd'hui ce que tout cela va devenir.

— Le juge Smith et le squire Moselay soutiennent que mes droits resteront.

— Ah! c'est leur opinion! En ce cas, vous poursuivrez sans aucun doute.

— Je ne sais pas.

Le Père Mâchoire fut stupéfié qu'un homme qui avait des droits probables sur une pièce de terre hésitât à les faire valoir. C'était pour lui un problème insoluble.

— Vous dites que votre fils a courtisé cette jeune fille, et que cette pièce de terre forme à peu près toute sa dot; je l'ai payée cinq cents dollars; j'ai ici ma consultation du juge Smith et Moselay, concluant à la validité de mes droits devant toutes les cours du monde.

Le Père Mâchoire dressait les oreilles comme un fin limier, lorgnant du coin de l'œil le dossier judiciaire; mais, à son grand désappointement, M. Dudley serra les pièces dans son pupitre, le ferma à clef, et vint paisiblement reprendre sa place au coin du feu.

— Mais, en vérité, dit le père Adams, je voudrais bien connaître les détails de l'affaire.

— Bien, bien, dit M. Dudley; les hommes de loi seront ici demain soir; si l'affaire vous intéresse, vous ferez bien de vous y trouver.

Le Père Mâchoire se demandait en rentrant chez lui ce qu'il avait pu faire pour gagner aussi vite la confiance du vieillard, qui enfin, à sa grande satisfaction, allait se décider à plaider, comme tout le monde.

Le jour suivant, la maison de M. Dudley avait une apparence d'activité et de préparatifs qui ne lui étaient pas habituels. On avait ouvert le salon de réception pour en renouveler l'air; une fournée de gâteaux cuits et appétissants ornaient la table de la cuisine. Notre ami Joseph, la mine affairée, parcourait la maison, et il avait eu déjà plusieurs secrètes conférences avec M. Dudley, dont l'épouse allait et venait d'un air mystérieux, donnant à voix basse ses instructions sur la quantité d'œufs et de raisins à mettre dans un pudding, comme s'il se fût agi d'un secret d'Etat.

Dans l'après-midi, Joseph se présenta au domicile des deux sœurs, pour leur annoncer qu'une grande réunion devait avoir lieu le soir même chez M. Dudley, et qu'il était chargé de les y inviter.

— Mais dites-moi donc ce qu'ont tous ces gens depuis quelque temps à se réunir si souvent? Joé Adams, il y a encore là quelque tour de votre invention. Voyons, à quoi êtes-vous occupé en ce moment?

— Habillez-vous tout de suite et tenez-vous prête, dit Joseph. Et s'approchant de Marion, qui s'apprêtait à suivre Silence hors du salon, il lui dit quelques mots à l'oreille qui l'arrêtèrent court et la firent rougir violemment.

— Comment, Joseph? que voulez-vous dire?

— C'est comme cela, dit-il.

— Non, non, Joseph, non, je ne le puis, je vous assure.

— Vous le pouvez très-bien, Marion.

— Joseph, non, je n'oserai pas.

— Osez, Marion!

— C'est bien étrange!

— Allons, ma chère enfant, vous me faites languir. Si vous avez quelque objection au point de vue de la propriété, nous en causerons demain. Et notre héros parut si sûr de lui-même, si persuasif, qu'il n'y avait plus rien à lui répondre. De sorte qu'après quelques hésitations de la part de Marion, et quelques baisers donnés par son amoureux, la jeune fille parut convaincue.

A une table placée au milieu du salon de M. Dudley siégeaient les deux avocats dont l'opinion légale devait s'éclairer complétement. Le plus jeune, le squire Moseley, était un petit joufflu célibataire, qui se vantait d'avoir offert sa main à toutes les jolies filles dans une circonscription de vingt milles à la ronde, et, dans le nombre, à Marion Jones elle-même; nonobstant quoi, il était encore célibataire, avec la perspective de mourir vieux garçon. Mais tant de déceptions n'avaient pu interrompre la gaieté de son naturel et ses inépuisables galanteries pour le beau sexe. Dans la situation présente, il se trouvait dans son élément; car en achevant la lecture des papiers, il se leva, frappa sur l'épaule de son grave confrère, fit deux ou trois fois le tour de la chambre, et s'approchant de M. Dudley, il lui prit la main et la lui serra fortement. — Tout va bien, tout va bien! s'écria-t-il.

A l'arrivée du père Adams, M. Dudley, sans aucun préambule, lui présenta une chaise, et lui montrant les papiers, lui dit :

— Voilà ce que vous désirez tant connaître; lisez.

Le père Adams les lut d'un bout à l'autre. — Ne vous le disais-je pas? s'écria-t-il enfin? Le cas est clair comme le son d'une cloche. Maintenant vous allez plaider, je pense.

— Ecoutez-moi, monsieur Adams; je vais vous faire une offre. Laissez votre fils épouser Marion Jones, et je brûle ces papiers, dont on n'entendra plus parler; il n'y aura pas une fille dans toute la commune mieux dotée que cette jeune fille.

Le Père Mâchoire ouvrit de grands yeux étonnés, et contempla le vieillard en ouvrant une bouche qui semblait vouloir avaler le projet et le lot de terre avec.

— Et puis après? dit-il.

— Je parle sérieusement, dit M. Dudley.

— Mais c'est comme si vous donniez à la demoiselle cinq cents dollars sortis de votre poche; et elle n'a pas d'autres parents à prétendre.

— Je le sais; mais j'ai dit que je le ferais.

— Dans quel but, grand Dieu?

— Pour rétablir la paix et la concorde, et pour bien vous convaincre qu'il vaut mieux arranger une affaire que d'entretenir un procès. Je suis un vieillard... Mes enfants sont morts.... — Sa voix trembla d'émotion. — Mes trésors reposent dans le ciel... Si je puis faire le bonheur de ces enfants ici-bas, je le ferai.

Le père Adams regarda fixement le vieillard, et lui dit :

— Bien, bien, et je vous crois, et j'affirme que si vous n'avez pas déjà quelques relations avec l'autre monde, personne ne saurait en avoir. Ainsi, si Joé n'a pas d'objection... et je suppose qu'il n'en a pas...

— Le plus clair de tout ceci, dit le squire, c'est que nous allons avoir une noce; ainsi donc avancez... Et il ouvrit la porte de la chambre voisine, où se tenaient, dans l'embrasure d'une fenêtre, Marion et Joseph, tandis que Silence et le révérend M. Bissel étaient auprès du foyer, dont la maîtresse de la maison balayait les cendres depuis que la société était arrivée.

Joseph prit aussitôt la main de Marion, et la conduisit au milieu de la chambre; le joyeux squire s'empara de la main de miss Silence, et lui donna la place de demoiselle d'honneur, et la cérémonie s'accomplit avec une célérité telle, que le Père Mâchoire s'écria :

— Quoi, quoi donc! maître Joseph! monsieur Dudley!

— Franc jeu, dit le squire; donnez-moi vos papiers, monsieur Dudley. Celui-ci les lui passa, et le squire les lisant à haute voix l'un après l'autre, les jetait dans le feu jusqu'à ce qu'il n'en resta pas un; puis, avec une sorte d'emphase oratoire, il résuma l'affaire, et conclut par une exhortation aux nouveaux époux sur les devoirs du mariage.

Le Père Mâchoire ne cessait d'admirer sa belle fille, qui, demi-souriante, demi-rougissante, recevait les compliments de toute la société. Miss Silence paraissait prise d'assaut comme il l'avait été lui-même.

— Eh bien, miss Silence, dit-il, ces deux enfants nous ont assez bien joués, qu'en pensez-vous? Il ne nous reste plus, je crois, qu'à nous donner une poignée de main. Et les deux parties belligérantes se donnèrent une vigoureuse poignée de main, qui fut le signal des divertissements.

Au moment où la réunion allait se disperser, miss Silence prit le bras de M. Dudley, et l'entraînant à l'écart :

— Monsieur Dudley, lui dit-elle, je reprends mot pour mot tout ce que j'ai pu dire contre vous.

— Ne parlons plus de cela, miss Silence, dit le bon vieillard, tout cela est oublié depuis longtemps.

— Joseph! lui dit son père le lendemain matin pendant qu'il déjeunait avec les nouveaux époux, je calculais que je serais fier de cette fille dont vous m'avez fait cadeau, et je veux vous en donner un autre en compensation : je vous donne la petite propriété que j'ai prise sur l'hypothèque de Stanton; c'est une délicieuse petite maison avec des volets verts, entourée de fleurs et de toutes ces jolies choses qui plairont à Marion.

Des années de bonheur passèrent sur la tête du jeune couple dans la propriété de Stanton, et longtemps après que la dépouille mortelle de leur vénérable bienfaiteur fut religieusement déposée sous la pierre du champ de repos éternel. Le père de Joseph, vaincu par la magnanimité du bon vieillard, s'amenda sensiblement. Au lieu de se quereller sérieusement avec ses voisins comme il l'eût fait jadis, il se contentait de discuter avec son fils le contre-sens de toutes les questions qui se présentaient dans leurs relations journalières; et comme ce dernier était un fort logicien, il lui fournissait de belles occasions d'exercer ses facultés contradictoires.

<hr>

AUGUSTA HOWARD.

— Ainsi donc vous ne voulez pas signer ce papier? dit Alfred Melton à son cousin, un beau jeune homme assis devant la table du milieu.

— Non pas, vraiment. Qu'ai-je à faire de ces gages vulgaires de tempérance?

— Allons, cousin Melton, dit une jeune fille à l'œil noir et bril laut, qui pendant le début de cette conférence était restée couchée sur un sofa; je vous conseille de renoncer à catéchiser Edouard sur ce point. Comme dit Falstaff : « Il est un peu meilleur qu'un méchant. » Il ne faut pas perdre avec lui vos admirables raisonnements sur la tempérance.

— Sérieusement, mon brave Melton, reprit Edouard, toutes ces affaires de signature, de cachet et d'engagement sont inutiles pour moi. Mes habitudes passées et présentes, ma position dans le monde, enfin tout ce qui m'entoure me garantit de la supposition que je puisse jamais devenir l'esclave d'un vice si dégradant; il est donc inutile à moi de prendre l'engagement de m'en préserver... ce serait même, à mes yeux, fort humiliant. Quant à ce que vous me dites de mon influence, je suis d'avis que si chaque homme s'observait lui-même, il n'aurait pas besoin de solliciter la considération des autres. Cette notion moderne de faire reposer la responsabilité d'une société sur un seul homme ne sera jamais la mienne. C'est pourquoi je décline d'y donner mon patronage.

Le diacre Dudley.

— Je déclare positivement, s'écria la jeune lady, que vous avez, messieurs, une persévérance admirable. Vous avez agité cette question jusqu'à me mettre hors de patience. Je m'en empare, et je signe un gage de tempérance pour Edouard. Je veillerai à ce qu'il ne s'adonne pas à ces vilaines habitudes qui vous ont fait faire un discours si pathétique.

— Je pense, dit Melton, que vous serez pour lui le meilleur gage de tempérance qu'il puisse avoir; mais, cousine, tous les hommes ne sont pas si fortunés.

— Mon cher Melton, dit Edouard, considérant les garanties que je possède déjà, je vous conseille d'honorer de votre éloquence quelque pauvre diable moins favorisé que moi.

— Quel excellent et désintéressé garçon que ce Melton! dit Edouard lorsqu'il fut parti.

— Bon comme une longue journée, dit Augusta, et assez prosaïque. Cette question de tempérance est assommante, après tout. On n'entend pas parler d'autre chose de nos jours... Journaux de tempérance... sociétés de tempérance... hôtels de tempérance... jusqu'à des mouchoirs tempérance pour les petits garçons. En vérité, le monde devient immodérément tempérant.

— Mais avec la garantie que vous avez offerte, Augusta, je ne redouterai pas la tentation.

Il y eut dans l'accentuation de cette phrase une certaine signification qui teignit en pourpre les joues roses d'Augusta, et fit marcher son aiguille avec plus de rapidité. Au bout d'une heure de conversation tête à tête, Edouard et Augusta avaient oublié leur point de départ, et s'étaient égarés dans le paradis des songes dorés de l'avenir, qui bercent la jeunesse et la beauté avant qu'elles aient goûté du fruit de la science du bien et du mal.

Mais arrêtons ici notre esquisse, et jetons un coup d'œil rétrospectif qui mette nos lecteurs à même de mieux juger de l'ensemble du tableau.

Edouard Howard avait su par ses qualités brillantes et ses manières séduisantes s'élever au premier rang dans la société de sa caste. Sans fortune, sans relations influentes de famille, il était devenu le héros des cercles où ces apanages sont réputés indispensables, et tous les priviléges et immunités exclusives de ces sociétés étaient entièrement à sa disposition.

Augusta Ellmore était célèbre dans la sphère des qualités féminines; orpheline, et habituée dès l'enfance à la libre possession d'une fortune indépendante, cette dernière considération ajoutait, sans aucun doute, à la puissance de ses grâces personnelles, pour lui procurer cette déférence flatteuse que réclament la richesse et la beauté. D'une intelligence supérieure qui n'avait pas eu l'occasion de se développer, elle avait échappé à la frivolité et à l'égoïsme, ces deux fléaux des gens oisifs. Elle était plutôt faite pour commander et gouverner que pour obéir, et bien qu'elle ne fût guidée par aucun sens de responsabilité morale, son caractère la rendait supérieure à la société du monde fashionable.

L'expectative d'une alliance entre deux personnes qui paraissaient se convenir sous une foule innombrable d'affinités ne fut pas déçue. Quelques mois après l'entrevue déjà mentionnée, avaient lieu les fêtes et les festins de condoléance de leur brillant et heureux mariage.

Jamais deux jeunes époux ne commencèrent la vie sous des auspices plus favorables. Quel joli couple ! comme ils sont bien assortis! disaient les commères... Ils étaient faits l'un pour l'autre, disait tout le monde, et c'est surtout ce que pensaient les deux jeunes mariés.

L'amour, qui devient un principe ardent et sobre chez les caractères de bonne trempe, les avait rendus réfléchis et circonspects, ils songeaient à l'avenir, et formaient des projets de bonheur durable dans cette vie, sans songer encore à la vie future.

Pendant une assez longue période de temps, leur amour absorba toute leur existence, et les tint éloignés des tentations du monde; ils passèrent plusieurs saisons d'hiver dans la quiétude d'un intérieur somptueux, occupant leurs loisirs par le chant, la lecture, la musique, les souvenirs du passé et les rêves d'un long avenir, sans jamais se séparer. Mais, bien que cela soit contraire à la théorie du professeur de sentiment, il est un fait certain, avéré; c'est que deux personnes habituées aux distractions du monde ne sauraient trouver un charme éternel dans la solitude du tête-à-tête, quelle que fût l'étendue de leur amour. Au bout d'un certain temps, le jeune couple, sans s'aimer moins pour cela, commença de céder aux sollicitations pressantes qui les appelaient à briller ensemble dans les salons. Edouard sentit son cœur gonflé d'orgueil en entendant les murmures d'admiration qui accueillirent la rentrée dans le monde de sa gracieuse et adorable femme. Et Augusta, lorsqu'elle entendit vanter autour d'elle l'esprit et les talents de son époux, ne put résister à la tentation de l'entraîner plus qu'il ne le désirait dans ces cercles où tous deux voyaient se refléter les louanges que leurs cœurs s'adressaient mentalement.

Hélas! ils ignoraient deux les dangers d'une constante surexcitation des facultés de l'âme et de l'esprit, et qu'ils aventuraient leur fortune de bonheur en l'éloignant du foyer domestique.

L'homme ou la femme à qui ces excitations habituelles deviennent indispensables fait le premier pas vers sa ruine. La femme éprouve bientôt une tristesse vague, un ennui insurmontable des devoirs de la vie domestique. L'homme sent bouillonner en lui les esprits animaux, qui ruinent les forces vitales du corps et de l'esprit.

Augusta, follement confiante dans la vertu de son époux, ne vit aucun danger dans cette suite constante de bals et de réunions qui détournaient son attention des soins plus graves de ses affaires, du perfectionnement de son être moral, et de son propre amour pour elle. Le grain, précurseur de la tempête, pointait à l'horizon ; mais, confiante et légère, elle n'y arrêta pas ses regards.

Ce ne fut que quand les soins et les devoirs maternels la retinrent au logis qu'elle ressentit pour la première fois les symptômes d'un changement dans la conduite de son époux, bien que ce changement ne fût encore sensible qu'à l'imagination, et ne s'annonçât que par ce tressaillement prophétique qui révèle au cœur de la femme le premier ralentissement du pendule de l'affection.

Edouard se montrait toujours affectueux, caressant; et lorsqu'il avait pour elle ces petites attentions que réclamait son état, ou qu'il louait et embrassait son petit chérubin de garçon, elle était satisfaite, heureuse. Mais lorsqu'elle s'aperçut que sans elle le monde avait toujours le même attrait pour lui, le même entraînement, et qu'il pouvait la quitter pour en rechercher les plaisirs, elle soupira. — Je ne suis certes pas assez égoïste, se disait-elle, pour vouloir le priver de plaisirs parce que la conduite de son époux, bien que ce changement il m'a dit une fois qu'il n'y avait pas de plaisir pour lui où je n'étais pas. Hélas! c'était donc vrai, ce que l'on me disait, que ces sortes d'affections profondes n'ont pas de durée !

Pauvre Augusta! elle ignorait encore toutes les raisons qu'elle eût eues de craindre. Elle ne voyait pas les séductions qui entouraient son époux dans les cercles où aux stimulants de l'esprit et des sens venait souvent se joindre celui que cause l'abus des spiritueux. Edouard s'était déjà familiarisé avec cet état de surexcitation qui touche aux premières limites de l'ivresse, sans se douter qu'il était sur le bord de l'abîme. Le voyageur qui s'est arrêté aux chutes du Niagara a dû remarquer la ligne argentée qui marque la première pente imperceptible de la nappe. Tout est brillant encore, et l'eau qui pétille et rayonne au soleil, paraît plutôt mue par un redoublement de puissance que prête à s'engouffrer dans l'abîme. Ainsi la première pente vers l'intempérance qui ruine le corps et l'âme, n'apparaît que comme la légèreté et la fraîcheur d'une vie nouvelle, et le voyageur imprudent cède avec délices aux ondulations de la barque qui le conduit vers le gouffre béant où vont s'engloutir sa raison et sa vie.

Augusta Howard.

Ce fut à cette période de sa vie qu'il eût fallu à Edouard un ami courageux qui lui dessillât les yeux sur l'imminence du danger que lui seul ne voyait plus. Mais dans le cercle nombreux et *choisi* de ses connaissances, il n'avait pas d'amis. *Chacun pour soi*, était la maxime universellement adoptée. Quelques têtes graves, il est vrai, s'agitaient et trouvaient regrettable qu'un jeune homme comme M. Edouard se ruinât si rapidement. Mais l'un n'était pas son parent, et l'autre trouvait le sujet trop délicat pour oser l'aborder; en conséquence, suivant un précédent déjà fort ancien, ils passaient outre. Cependant c'était au buffet du premier, toujours garni de vins de premier choix, qu'il avait éprouvé les premiers symptômes d'ébriété; et la maison du second servit de réunion préparatoire aux orgies qui se continuèrent jusque dans les hôtels publics. C'est souvent ainsi que les gens sobres, d'habitudes régulières et discrètes, doués d'une constitution qui les préserve de tous excès, encourageront par leur présence les têtes folles et ardentes et les suivront jusqu'au bord du précipice pour s'étonner ensuite de leur chute.

Augusta était assise seule dans son salon, dont les volets fermés intterceptaient l'air froid d'une nuit d'hiver. Tout autour d'elle portait le cachet de l'élégance luxueuse et du bon goût. Dès livres splendidement reliés et de belles gravures encombraient les tables recouvertes de riches tapis. De hauts vases débordés par les fleurs les plus rares de la saison se reflétaient à l'infini, ainsi que les bougies diaphanes, dans de magnifiques glaces découpées en ogives. Tout indiquait le luxe et le repos dans cette splendide demeure, tout, excepté le visage inquiet et l'attitude triste de la maîtresse.

Il était tard, et de longues et mortelles heures s'étaient écoulées dans l'attente du retour de son époux. Elle consulta une petite montre enrichie de diamants; les aiguilles avaient marqué minuit. Elle soupira au souvenir des soirées agréables qu'ils passaient jadis ensemble, dans ce même salon, avec ces livres, ces gravures, devant la harpe ou le piano, aujourd'hui silencieux.

Un violent coup de marteau à la porte de la rue la fit tressaillir. Elle se hâta de courir à l'antichambre; mais elle fut saisie d'épouvante en arrivant sur le seuil. On lui ramenait son époux porté sur les bras de quatre hommes.

— Mon Dieu! est-il donc mort? s'écria-t-elle en poussant un cri déchirant.

— Non, madame, dit l'un des hommes; mais pour le quart d'heure, c'est comme s'il l'était.

La vérité dans toute son horreur jaillit à l'esprit d'Augusta. Sans questions ni commentaires, elle fit déposer son époux sur le sofa du salon, reconduisit elle-même les porteurs jusqu'à la porte de la rue, qu'elle ferma, et vint se placer silencieuse et stupéfaite devant le corps insensible d'Edouard. Toutes ses illusions se dissipèrent comme au réveil d'un rêve. Elle avait sous les yeux la ruine de ses affections, la disgrâce et le déshonneur de son époux. Toutes les scènes des jours de bonheur passèrent comme un mirage devant ses yeux, et elle sanglota dans l'amertume de son désespoir. Grand Dieu! Seigneur, aidez-moi; sauvez, sauvez mon époux!

Augusta, douée d'une énergie peu commune, résolut, après avoir donné cours à ce premier élan de désespoir, de ne pas abandonner son époux ni ses enfants dans ce moment d'épreuve et de tourmente.

— Lorsqu'il s'éveillera, se dit-elle, je le prierai et supplierai. Je verserai les trésors de mon âme dans son cœur pour le sauver. Pauvre Edouard! vous avez été entraîné, trahi sans doute; mais vous êtes trop bon, trop généreux, trop noble pour succomber ainsi sans combattre.

Edouard ne sortit de la léthargie produite par l'ivresse que tard le lendemain matin. Il ouvrit lentement ses yeux appesantis, puis tressaillit, et ses yeux hagards errèrent dans la chambre, et vinrent s'arrêter sur les yeux tristes et mornes de sa femme. La mémoire lui revint subitement, et le rouge de la honte colora son front. Un silence solennel régna quelques instants sur cette scène; enfin, cédant au paroxysme de la douleur, Augusta vint se jeter dans ses bras et pleura.

— Vous ne me haïssez donc pas, Augusta? dit-il d'une voix sombre.

— Vous haïr! jamais!... Mais Edouard, Edouard! qui vous a donc ainsi entraîné?...

Le père Maurice.

— Ma chère femme, vous avez promis un jour d'être mon ange gardien, et de me ramener dans le sentier de la vertu; votre tâche commence. Oh! Augusta! jamais scène semblable à celle-ci ne se renouvellera!... jamais!... Je le jure devant Dieu, qui m'entend.

Augusta, retrouvant sur la physionomie d'Edouard les nobles sentiments de la sincérité et du remords, n'eut plus de doute qu'il ne fût sauvé pour toujours; malheureusement les projets de réforme péchaient par un point essentiel : loin de vouloir renoncer entièrement à la vie dissolue, il se promit d'en retrancher seulement une partie, et de se tenir désormais sur ses gardes, sans songer que la surexcitation du système nerveux et l'affaiblissement des facultés du cerveau ne lui laisseraient plus la puissance de volonté pour s'arrêter à temps, et le rendraient le jouet de l'occasion la plus rapprochée qui se présenterait à lui.

Il réussit néanmoins à reprendre les apparences du calme et à maîtriser l'effervescence de sa passion dégradante.

C'est une grande erreur de n'appeler intempérance que l'ivresse produite par l'abus des spiritueux : il existe souvent chez l'homme un état d'irritabilité nerveuse, résultant de stimulants modérés, mais persévérants, qui prédispose l'esprit à une destruction foudroyante, comme le choléra, après des symptômes de malaise et de lassitude. C'est en cet état morbide que l'esprit se lance dans les spéculations extravagantes ou dans la passion effrénée du jeu.

Telle était la situation d'Édouard. Ayant abandonné depuis long-temps la direction régulière et sage de ses affaires, il compromit sa fortune tout entière dans des spéculations téméraires et folles; et lorsque la crise se déclara, lui ouvrant une perspective de ruine, il recourut de nouveau à l'ivresse pour y noyer ses pensées.

Il passa quelques mois éloigné de sa femme et de sa famille, plongé une partie du temps dans un état de stupeur qu'il cherchait à réveiller dans les surexcitations factices du cerveau.

Enfin le coup qui devait briser sans retour ses rêves chimériques et sa prospérité chancelante éclata sur lui comme la foudre. Sur un coup de dé il vit disparaître la fortune qu'il tenait de sa femme, et se trouva tout à coup sans ressources.

De la ville où il s'était réfugié pour cacher sa honte et combiner ses projets, il écrivit à sa trop confiante épouse :

« Augusta, tout est fini!... N'espérez plus rien de votre époux... N'ajoutez plus foi aux promesses qu'il pourra vous faire, car il est perdu pour vous comme pour lui-même. Augusta, notre fortune, votre fortune tout entière, que j'ai risquée imprudemment, est engloutie; mais est-ce là le plus grand malheur?... Non, non, Augusta, je suis perdu irrévocablement, corps et âme, comme la fortune que j'ai gaspillée. J'avais autrefois du courage, de la santé, de l'imagination; tout cela est parti. Je cède journellement à la passion de l'ivresse pour oublier mon abjection et ma misère. Vous vous rappelez le triste jour où vous découvrîtes que votre époux était un ivrogne?... Oublierai-je jamais vos regards de compassion ? Confiante et aveugle dans votre partialité, vous crûtes à un retour sincère. Vain espoir!... j'étais déjà perdu à tout jamais.

» Hélas ! ma chère femme, pourquoi suis-je donc votre époux?... le père de ces enfants que vous m'avez donnés?... Y a-t-il rien d'égal à vos attraits, à l'innocence de nos enfants?... Eh bien! rien de tout cela ne saurait me tirer de l'agonie de cette effroyable passion. Je pense que je sacrifie tout, femme, enfants, famille... mais l'heure vient, l'heure brûlante arrive, et tout est oublié. Vous ne me verrez plus, Augusta. Le peu que j'ai sauvé, je vous l'envoie. Vous avez des amis, des parents. Vous possédez au-dessus de tout cela une énergie, une activité d'esprit, qui ne vous laisseront jamais dans l'embarras. Vous souffrirez sans doute pour briser les liens qui nous unissent; mais prenez courage, car vous souffririez trop de voir s'opérer chaque jour la dégradation de votre époux, d'éprouver les caprices, les colères furieuses d'un homme qui n'est plus maître de lui-même. Vous ne voudriez pas faire souffrir vos enfants du même supplice ? Non, ma route est sombre et conduit à l'abîme; je la suivrai seul.

Vous pouvez concentrer dans une paisible retraite vos trésors d'affection sur vos pauvres enfants, et leur faire occuper dans votre cœur la place désertée par un époux indigne de vous. Si je vous quitte à présent, vous vous souviendrez encore de ce que j'ai été pour vous; vous m'aimerez encore, et vous pleurerez ma mort; mais si vous reveniez auprès de moi, votre amour s'éteindrait, je deviendrais pour vous un objet de dégoût et d'horreur. Adieu donc, ma femme; mon premier, mon meilleur amour, adieu!... Je vous quitte avec l'espérance!...

> Mais avec l'espérance, adieu remords et craintes !
> Si pour moi le bien est perdu,
> Ô mal, dont je subis l'atteinte,
> Sois désormais le bien pour mon cœur éperdu.

Ces paroles sont amères, mais applicables à ma situation. Ne cherchez pas à me rejoindre; ne m'écrivez pas : rien ne pourrait me sauver. »

Ainsi commençait et finissait brusquement cette épître, qui apportait à Augusta la ruine de ses espérances. Il y a des moments d'angoisses, où le cœur le plus frivole s'élève malgré lui vers Dieu, comme l'eau pressée par le piston. Augusta avait été grande, généreuse, affectionnée; mais elle n'avait vécu que pour le monde. Son bonheur reposait sur son mari et ses enfants; ils étaient son orgueil, son espoir, sa vie. Forte de sa conscience, elle n'avait jamais senti le besoin de chercher un appui dans la puissance divine. Mais en laissant tomber cette lettre de ses mains, ses regards désespérés s'élevèrent au ciel :

— A quoi bon vivre, mon Dieu! s'écria-t-elle dans le premier paroxysme de la douleur. Mais elle réprima aussitôt cette pensée égoïste; elle puisa dans la prière de nouvelles forces pour supporter les malheurs de sa position. Sa confiance aveugle pour tout être terrestre fut pour toujours détruite par la chute de son époux; elle se jeta donc pour dernier refuge dans les bras du Tout-Puissant. Elle alla rejoindre Édouard dans la ville où il s'était réfugié; mais elle s'efforça en vain de le sauver. Elle éprouva les tortures et les alternatives de

réformes passagères, qui ne réveillaient ses espérances que pour la replonger dans un désespoir sans bornes. Elle vit s'opérer dans l'homme qu'elle avait aimé l'épuisement progressif du corps et la destruction de tous principes de morale et de sensibilité, l'animalité dégoûtante qui distingue les progrès de l'ivrogne.

Quelques années plus tard, une nouvelle famille vint habiter une dépendance à peu près en ruine du village d'A... Les membres de cette famille se composaient de quatre enfants, dont les traits amaigris et la gravité précoce témoignaient les souffrances endurées par les privations et les chagrins. La mère, usée par la douleur, laissait lire dans le feu sombre de ses yeux, dans la pâleur de ses joues et dans la compression de ses lèvres, toutes les souffrances de la vie. Le père avait l'œil hagard, le pas chancelant, cet air hébété et indolent que donnent le crime et la dégradation. Personne des anciennes connaissances d'Édouard ne l'eût jamais reconnu dans ce misérable, non plus que dans cette pauvre malheureuse femme ils n'eussent reconnu la jeune et brillante Augusta. Combien de cœurs brisés viendront attester que de tels changements ne sont pas imaginaires !

Augusta s'était réfugiée avec son époux dans une ville où ils étaient complètement ignorés, afin d'échapper au moins à la dégradation de leur misère devant ceux qui les avaient connus dans leur prospérité. La misère la plus profonde les suivait partout; mais elle luttait contre elle avec courage, et utilisait au profit de l'existence de ses enfants les talents qu'elle n'avait cultivés dans ses jours de bonheur que pour passer le temps.

Il y avait à peine quelques semaines qu'elle était dans cet endroit, que son frère, ayant appris ses infortunes et découvert le lieu de sa retraite, vint la chercher pour l'engager à abandonner son indigne époux et à se réfugier auprès de lui.

— Augusta, ma chère sœur, je vous retrouve enfin! s'écria-t-il un jour en la surprenant au milieu de ses travaux de famille.

— Henri, mon cher frère!... Un éclair de joie éclaira sa physionomie, qui retomba bientôt dans un morne abattement lorsque ses yeux parcoururent le triste réduit où elle se trouvait.

— Je vois ce qu'il en est, Augusta; vous succombez lentement, la victime d'un faux sentiment de devoir pour un homme qui n'en est plus digne. Je ne souffrirai pas plus longtemps, et je suis venu ici pour vous emmener.

Augusta détourna les yeux, qu'elle tint fixés du côté de la fenêtre, absorbée qu'elle était par ses tristes pensées, exprimant les dernières angoisses du désespoir.

— Henri, répliqua-t-elle enfin, jamais femme ne fut plus heureuse que je ne l'ai été avec lui dans les commencements de notre union. Comment l'oublierais-je jamais ? Quiconque l'a connu dans ses jours de bonheur n'a pu s'empêcher de l'aimer. On l'a séduit et entraîné; moi-même j'ai involontairement contribué à le plonger dans l'abîme, et il y est tombé pour ne plus se relever. Ses meilleurs amis se sont associés à sa ruine et l'ont regardé froidement sans qu'un seul offrît de lui tendre une main secourable. Pouvais-je l'abandonner aussi, moi sa femme ? Quel compte aurais-je eu à rendre devant Dieu. Si je le quittais aujourd'hui, Henri, il serait perdu sans espoir! Je ne puis le faire. Je sais que mon devoir envers mes enfants m'impose de les éloigner d'ici. Emmenez-les, Henri; ils sont ma seule consolation, mais ils ne doivent pas rester plus longtemps ici. Je ne tarderai peut-être pas à les rejoindre; mais je veux tenter encore une fois de le sauver. Qu'est-ce que cette existence pour moi, qui ai déjà tant souffert? Rien!... Mais l'éternité, Henri, l'éternité! puis-je donc l'abandonner ainsi à un désespoir sans limites?... Oh! cette pensée...

Elle s'arrêta suffoquée par les larmes qui coulèrent abondamment sur ses joues flétries, et cachant sa tête dans ses mains, elle éclata en sanglots convulsifs.

Son frère pleura avec elle, jugeant qu'il essayerait inutilement d'ébranler sa résolution. Il repartit le jour suivant, emmenant avec lui les enfants après des adieux déchirants de part et d'autre, Augusta espérant que leur absence éveillerait peut-être quelque reste de sensibilité au fond du cœur de son époux.

Huit jours plus tard, Augusta se présentait un soir à la porte de l'hôtel de M. L..., l'un des plus riches propriétaires de la ville d'A... Elle ne reconnut M. L... que lorsqu'elle eut été introduite dans ses somptueux appartements, et elle se rappela alors l'avoir souvent rencontré dans les réunions brillantes où elle allait jadis avec Édouard. Elle était elle-même trop changée pour craindre d'être reconnue de M. L.... Il lui tendit une chaise, la pria d'un air de compassion d'attendre le retour de sa femme, et alla reprendre une conversation commencée avec un de ses amis.

— Je trouve, mon cher Dallas, que vous exagérez la question. La société ne saurait se réformer par ce moyen que chaque homme ira trouver son voisin pour l'exhorter à la tempérance, mais parce qu'il songera à veiller sur ses propres passions. C'est moi, vous, mon cher monsieur, qui devons commencer par nous amender, et les autres suivront notre exemple. Ce nouveau système, qui consiste dans ce que chaque individu considère comme un devoir d'aller s'occuper des affaires spirituelles de son voisin, est prendre justement le chemin contraire au succès. Il fait beaucoup d'effet en théorie, et ne produit absolument rien en principe.

—Mais si votre voisin ne se sent pas de disposition pour opérer par lui-même son amendement, qu'en résultera-t-il?

—C'est son affaire, et non la mienne. Dieu me commande de faire mon devoir, et non de m'inquiéter si mon voisin fait le sien.

—Mais, mon ami, c'est justement là qu'est la question. Quel est le devoir qu'exige de vous le Créateur? Que vous ayez quelque sollicitude pour votre voisin.

—C'est déjà lui en témoigner que de lui montrer le bon exemple. Je n'entends pas un exemple comme le vôtre, qui consiste à me priver de boire un peu d'eau-de-vie pour l'empêcher d'en boire beaucoup, mais à lui démontrer que je bois modérément et que je m'abstiens de tout excès.

La conversation fut interrompue par le retour de madame L... Sa présence rappela à l'esprit d'Augusta les jours de bonheur et d'allégresse d'elle et de son époux lorsqu'elle avait fait la connaissance de cet honorable couple. Quel affreux contraste pour elle, la femme d'un homme ruiné et perdu de vices et de débauche! Et combien ne se rappela-t-elle pas avec remords cette phrase banale qu'elle avait redite comme le monde devant un appel à sa sollicitude : —Pourquoi s'occuper des affaires des autres? Chacun chez soi, chacun pour soi...

Elle reçut silencieuse les objets que madame L... lui confia, et partit.

—Hélène, dit M. L... à sa femme, cette pauvre femme paraît bien malheureuse et tourmentée par quelque peine secrète. Vous irez la voir quelquefois, et vous tâcherez de vous informer si nous ne pourrions pas faire quelque chose pour la soulager.

—C'est singulier, répliqua madame L..., elle m'a rappelé les traits d'Augusta Howard... Vous souvenez-vous d'elle?

—Hélas! oui, la pauvre femme! et de son époux aussi. Ce fut une bien triste histoire que celle d'Édouard Howard. J'ai appris qu'il avait contracté le goût immodéré des boissons alcooliques. Qui eût jamais pensé cela de lui?

—Souvenez-vous, mon cher époux, dit madame L..., que je l'ai prédit six mois avant qu'il en fût question. C'était à cette réunion qui eut lieu chez nous après les noces de Marie, et où il s'enivra. Je dis alors qu'il s'engageait dans une voie dangereuse; mais il était si facile à exciter, que deux ou trois verres le mettaient hors de lui. Pourtant Georges Eldon boit ses dix ou douze verres sans que personne s'en doute.

—Ce fut bien dommage, répliqua M. L... Howard valait une douzaine de Georges Eldon.

—Pensez-vous, dit Dallas, qui avait écouté jusque-là en silence, que, s'il avait fréquenté des cercles d'où l'on eût banni toute boisson excitante, il eût ainsi succombé?

—Je ne saurais le dire, répliqua M. L... Il serait possible que non.

M. Dallas était un homme d'une grande fortune et un ardent enthousiaste de la tempérance. Quel que fût l'objet qui l'occupât, il y mettait toute son âme, et depuis quelques années il s'était associé à tous les projets philanthropiques pour l'amélioration de l'espèce humaine. Dans le cours de ses actes de charité et de bienveillance, il avait souvent passé la demeure d'Édouard, et il s'était vivement intéressé à sa pauvre femme, dont il fit la connaissance par l'entremise des enfants, et dont il connut en partie l'histoire. Il n'y avait qu'un tempérament sanguin comme le sien qui osât entreprendre de porter remède à tant de misère par la transformation de celui qui l'avait causée. Ce fut pourtant son projet. L'observation de M. et de madame L... le lui rappela à l'esprit, et il résolut d'autant mieux de le mettre à exécution, qu'il découvrit que son protégé futur n'était autre que ce même Édouard Howard dont il avait entendu raconter l'histoire.

Il choisit un moment où Édouard ne fût pas sous l'influence de l'abrutissement, et justement le jour où la perte de ses enfants avait éveillé en lui quelques restes de sensibilité. Il s'efforça de faire vibrer les cordes graduellement et l'une après l'autre.

—Il est trop tard, monsieur Dallas, répondit Édouard un jour qu'il lui avait indiqué avec une grande éloquence les avantages d'un essai d'amendement, il est trop tard... Vous ne sauriez arracher à l'enfer les âmes qui y sont déjà descendues. Croyez-vous donc que j'ignore tout ce que vous pourriez me dire à ce sujet? Je le sais par cœur. Personne ne saurait faire de meilleur sermon que moi sur l'intempérance... Je sais tout... je crois tout... comme les démons croient et tremblent.

—C'est possible, dit Dallas; mais il vous reste à vous l'espérance, vous ne vous ruinez pas ainsi pour toujours.

—Et qui êtes-vous donc, pour me parler de la sorte? s'informa Édouard, qui sortit de son sombre désespoir pour contempler avec curiosité son interlocuteur.

—Je suis le messager de Dieu envoyé vers vous, Édouard Howard, dit Dallas fixant sur lui son regard solennel et inspiré, vers vous, Édouard Howard, qui avez gaspillé jeunesse, talents, santé... qui avez brisé le cœur de votre femme et ruiné vos malheureux enfants! Dieu m'envoie vers vous pour vous offrir de nouveau la santé, l'espérance, le respect de vous-même et l'estime de vos semblables. Vous pouvez encore guérir le cœur brisé de votre femme et rendre un père aux enfants orphelins. Pensez-y, Howard; songez-y donc si cela était possible!... Si vous vous retrouviez dans la situation d'un homme honoré et respecté comme vous l'étiez jadis, avec un intérieur heureux,

confortable, une femme consolée et des petits anges pour vous sourire! Pensez donc que vous pourriez guérir les souffrances de votre femme! Qui vous empêche d'obtenir tout cela?

—Justement ce qui retient l'homme riche en enfer, le gouffre qui s'est ouvert entre moi et tout ce qui est bon et bien; ma femme, mes enfants, mes espérances du ciel, tout cela est de l'autre côté.

—Mais vous pouvez encore le franchir, ce gouffre, Howard. Que donneriez-vous pour devenir un homme sobre?

—Ce que je donnerais?... dit Howard. Il réfléchit un instant, puis il fondit en larmes.

—Ah! je vois ce que c'est, dit Dallas; il vous manquait un ami... le ciel vous en envoie un.

—Que pouvez-vous donc faire pour moi, monsieur Dallas, demanda Howard étonné de cette confiance qu'il avait en lui-même.

—Je vais vous le dire. Je puis vous prendre chez moi et vous y donner une chambre, afin de veiller constamment sur vous jusqu'à ce que vos plus fortes tentations soient passées. Je puis occuper votre esprit, le distraire, faire enfin tout ce qui est nécessaire à votre guérison si vous voulez vous confier à mes soins.

—Dieu de miséricorde! auriez-vous donc pitié de moi, et me serait-il encore permis d'espérer?... Je n'ose le croire... Mais emmenez-moi où vous voudrez. Je suis prêt à vous suivre et à vous obéir en toutes choses.

Quelques heures suffirent pour opérer le transfert de l'époux dans une chambre retirée de l'élégante maison de Dallas, où il trouva sa femme attentive et reconnaissante, continuant auprès de lui son rôle d'ange gardien.

Un traitement médical entendu, un exercice salutaire des forces physiques, joints à une nourriture simple et de l'eau pure pour boisson, ne lui semblèrent au premier abord qu'un état d'emprisonnement de l'esprit et du corps. La suppression immédiate de toute boisson excitante lui causa une réaction terrible, et il pria plusieurs fois jusqu'aux larmes qu'on lui permît d'abandonner ce projet; mais enfin la persistance résolue de M. Dallas et les tendres sollicitations de sa femme prévalurent. On pouvait dire à la vérité qu'il se purifiait par le feu... car une fièvre chaude et un long délire le mirent presque aux portes du tombeau.

Mais enfin la lutte entre la vie et la mort prit fin, et bien qu'il restât longtemps encore faible et amaigri sur son lit de souffrance, il avait repris néanmoins toute la rectitude de sa raison, et il éprouvait les premiers symptômes du retour à la santé. Que ceux qui ont suivi un ami dans sa tombe, et qui ont cherché jour et nuit à combler ce vide de l'amitié absente, s'imaginent les tressaillements de joie que ressentit Augusta lorsqu'elle vit sortir du tombeau l'époux d'autrefois qu'elle croyait à tout jamais mort et perdu pour elle.

—Augusta, lui dit-il d'une voix faible lorsqu'il s'éveilla de ce long délire... Augusta, je suis sauvé, je le sens, et ma raison est revenue.

Le cœur noble et généreux d'Augusta fondit à ces paroles, et ils versèrent tous deux des larmes de joie et d'attendrissement; il ajouta:

—C'est pour moi plus que le retour à la vie... Je sens que je commence le cours de la vie éternelle... Si le Seigneur veut me pardonner mon passé...

—Dites-moi, Dallas, demandait un jour M. L... à son ami; quel est donc ce beau jeune homme que j'ai rencontré ce matin dans votre comptoir?... Sa figure ne m'est pas étrangère.

—C'est M. Howard... un jeune avocat que j'ai pris avec moi depuis peu de temps pour m'aider dans mes affaires.

—C'est étrange! mais non, ce n'est pas possible... ce jeune homme ne saurait être le nommé Howard que j'ai connu autrefois.

—Je crois que c'est le même.

—Mais je croyais qu'il était parti... pour toujours... et mort depuis longtemps par suite d'intempérance?

—Ma foi! il l'était à peu près; peu d'hommes sont tombés plus bas que lui; mais aujourd'hui il est en voie de dépasser toutes les qualités que jadis nous espérions rencontrer en lui.

—Quelle circonstance extraordinaire a donc produit cette miraculeuse métamorphose?

—J'éprouve un certain embarras à vous expliquer comment elle est arrivée, attendu qu'il y a eu une occulte et puissante intervention de ces sortes de gens qui s'occupent des affaires de leurs voisins, formant des sociétés de tempérance et toutes sortes d'absurdités semblables.

—Allons, allons, Dallas, dit M. L... avec un sourire; je désire néanmoins connaître votre histoire.

—Entrez d'abord avec moi dans cette maison, dit Dallas introduisant son ami dans le salon d'une jolie petite habitation où ils trouvèrent Edouard Howard qui faisait sauter dans ses bras un petit garçon frais et rosé, tandis qu'Augusta épiait ses mouvements avec un visage rayonnant de joie et de sourires.

—Monsieur et madame Howard... je vous présente M. L..., une de vos vieilles connaissances, je crois.

Il y eut un moment d'embarras de part et d'autre, que rompit bientôt la franche cordialité d'Édouard. M. L... prit un siège, et ne pouvait détourner les yeux d'Augusta, chez laquelle il admirait une beauté d'un ordre plus élevé que celle de sa première jeunesse.

L'appartement était simple, mais élégamment meublé, et contenant les indices caractéristiques d'une vie laborieuse et retirée du monde, tels que livres, gravures et instruments de musique. Mais au-dessus de tout, et comme le plus bel ornement, quatre enfants resplendissants de santé et d'humeur joyeuse, étudiaient et jouaient à l'autre extrémité du salon.

Après une courte visite, les deux amis se retrouvèrent dans la rue.

— Dallas, vous êtes un homme heureux, dit M. L...; cette famille sera pour vous une mine inépuisable de jouissances spirituelles.

LE PÈRE MAURICE.

ESQUISSE D'APRÈS NATURE.

De tous les êtres qui étonnèrent mon enfance, il n'y en a pas dont je me rappelle jusqu'à ce jour avec plus d'intérêt que le vieillard dont le nom figure en tête de ce chapitre. Il était, lorsque je le connus, pasteur d'un obscur village de la Nouvelle-Angleterre. Ayant reçu une assez libérale éducation, il était doué d'une tournure originale d'esprit, de connaissances universelles et d'une grande puissance d'imagination. Mais les habitudes et la vie agrestes des premières années de sa vie s'étaient si profondément enracinées dans sa personne, qu'elles se retrouvaient mêlées avec les connaissances postérieures qu'il avait acquises au point de former un étrange amalgame de rudesse et de flexibilité d'esprit.

On essayerait en vain de donner un portrait complet de ce type unique et isolé; mais quelques traits légers et imparfaits aideront l'imagination à se faire une faible idée de ce que personne ne saurait concevoir qui n'aurait vu, ni connu, ni entendu causer le vieux père Maurice.

Supposez pour un instant que vous êtes le douzième d'une douzaine d'enfants, et que vous entendiez crier : Voilà le père Maurice!... Vous courez à la fenêtre ou à la porte, et vous voyez un grand robuste vieillard avec une paire de sacs de selle sur un bras, descendant de son vieux cheval avec une attention maladroite, et se dirigeant vers la maison. Vous observez sa face en pleine lune, large, florissante, éclairée par deux grands yeux bleus tout ronds qui roulent autour d'eux avec une rêverie inattentive; et lorsqu'il ôte son chapeau, vous voyez la perruque blanche frisée qui tombe autour de son cou. Il vient à vous, et tandis que vous le regardez avec des yeux ébahis comme tous les autres enfants, il pose sa main sur votre tête, et d'une voix rude vous dit : Comment va ma fille? Votre père est-il à la maison? Et ma fille se sauve comme si le diable fût à ses trousses. Le père Maurice entre dans la maison, où nous le suivons des yeux. Il se met à l'aise, ôte sa perruque, essuie sa longue figure avec son mouchoir, prend tout ce qui lui est nécessaire, et demande ce qu'il ne trouve pas.

Je me rappelle comme si c'était aujourd'hui que nous le regardions à travers les fentes de la porte, ou bien nous cherchions à la laisser entr'ouverte pour épier ses mouvements; et comme sa large poitrine faisait entendre un bruyant hum, hum! résonnant comme jamais je n'avais entendu résonner poitrine humaine, pendant qu'il donnait ainsi l'essor à ses poumons, la porte de la salle commune s'ouvrait comme par enchantement, et l'un de mes coquins de frères s'écriait d'une voix étouffée : Charles! Charles! le père Maurice a fait ouvrir la porte en toussant! et l'on entendait les rires étouffés de toute la bande joyeuse.

Le lendemain est dimanche. Le vieillard monte en chaire. Il n'est plus dans son humble paroisse, ne prêchant qu'aux batteurs de grains et aux cultivateurs de pommes de terre; il y a là, assis sur son banc, le gouverneur G***; plus loin, le juge R***, le conseiller P***, et le juge D***. Enfin il est en présence d'un auditoire choisi et littéraire. Le père Maurice ne s'inquiète pas de cela... cela lui importe peu, il ne connaît, comme il vous le disait lui-même, que Jésus-Christ et sa croix. Il prend, pour vous l'expliquer, un passage de l'Ecriture, soit peut-être la promenade à Emmaüs et le discours de Jésus à ses disciples. Les images sont frappantes et pittoresques; la route à Emmaüs vous apparaît comme une route anglaise avec ses barrières et ses péages. Les disciples se lèvent et vous peignent leurs angoisses, leurs hésitations, leur détresse, dans le langage d'un récit du coin du feu. Vous souriez, vous êtes intéressé, ému, et l'illusion augmente à chaque instant. Vous voyez arriver l'étranger, la conversation redouble d'intérêt. Emmaüs s'élève dans le lointain comme un village de la Nouvelle-Angleterre, avec son clocher et sa maison de Dieu. Vous suivez les voyageurs... vous entrez avec eux dans la maison, et vous ne vous remettez de vos craintes que lorsque, les yeux humides de larmes, le prédicateur vous dit qu'ils reconnurent en lui le Seigneur Jésus... Et quel dommage pour eux de ne pas l'avoir su plus tôt!

Ce fut justement après un sermon sur ce même chapitre de l'Ecriture que le gouverneur Griswold, en sortant de l'église, arrêta la première personne qu'il rencontra pour lui demander le nom de ce pasteur.

— Mais, c'est le père Maurice...

— Eh bien, c'est à la fois un original et un homme de génie! Je déclare, continua-t-il, que toute la matinée je me suis étonné d'avoir lu si souvent la Bible sans y avoir découvert ce qu'il m'y a montré ce matin.

Je l'entendis une fois raconter de cette manière attrayante l'histoire du Lazare. La grande agitation de la cité de Jérusalem se montra à la vue, et il nous raconta avec simplicité comment le Seigneur Jésus était fatigué de tout ce bruit... et las de prêcher à un peuple qui ne faisait aucun cas de ses paroles... et comment vers le soir il alla rendre visite à ses amis de Béthanie... Il nous dépeignait la maison de Marthe et Marie, une petite maison blanche entourée d'arbres que l'on pouvait voir de Jérusalem. C'est là que le Seigneur Jésus et ses disciples avaient coutume de s'asseoir à la fin de la journée en compagnie de Marthe, de Marie et du Lazare.

Puis il continuait, nous racontant comment le Lazare mourut, dépeignant avec des larmes dans les yeux et dans la voix la détresse où elles se trouvèrent, envoyant chercher le Seigneur Jésus, qui ne venait pas. Il augmentait progressivement l'intérêt jusqu'à ce qu'il vous sortît de l'intensité de votre angoisse par la scène miraculeuse de la résurrection.

Dans une autre occasion, étant assis à la table pour prendre du thé, et autour de lui des gâteaux et des confitures, il trouvait l'occasion de faire une allusion pratique à la même histoire de la sainte Famille. Il représentait Marie, humble et paisiblement assise aux pieds du Sauveur, écoutant ses paroles, tandis que Marthe songeait davantage aux nécessités de la vie.

Au milieu de son troupeau, il développait avec bonheur le texte de l'Ecriture.

Il donnait parfois à son récit une application pratique, comme dans l'exemple suivant : Il avait observé un relâchement dans le petit cercle qui se réunissait pour la prière, et saisit l'occasion, la première fois qu'il obtint un auditoire assez nombreux, pour parler des conférences que les disciples de Jésus avaient entre eux après la résurrection.

Mais Thomas n'était pas avec eux. Thomas n'y était pas, reprenait le vieillard d'une voix triste; qui est-ce qui pouvait donc tenir Thomas éloigné? — Peut-être, dit-il lançant un regard au fond de l'auditoire, Thomas s'était-il refroidi, et craignait-il qu'on lui demandât de dire la première prière, ou peut-être, continuait-il tournant ses regards vers les fermiers, Thomas craignait que les routes fussent mauvaises, ou peut-être, ajoutait-il après une pause, Thomas était devenu orgueilleux et ne voulait-il pas se présenter avec ses vieux habits. Il continuait sur ce ton, exposant les excuses habituelles de ses ouailles; puis il ajoutait avec émotion : Mais pensez combien Thomas perdit à ne pas être venu; car au milieu de la conférence Jésus leur apparut et leur parla! Comme Thomas dut éprouver de regret! Cette admonition suffisait pour remplir pendant quelque temps les siéges vacants.

Le père Maurice employait souvent ses talents de commentateur d'une manière très-adroite pour adresser des reproches. Il avait dans son verger de très-beaux pêchers, que les jeunes gens de dix à douze ans visitaient beaucoup plus fréquemment qu'ils ne le devaient, vu l'extrême libéralité du vieillard.

En conséquence, il introduisit dans son sermon, un dimanche, l'anecdote d'un voyage. Il avait très-chaud, dit-il, et se sentait très-altéré; il aperçut près de la route un verger rempli de belles pêches qui lui firent venir l'eau à la bouche. Je m'approchai de la haie, continua-t-il, et je cherchais de tous côtés le propriétaire. Enfin j'aperçus un homme, et je lui dis : — Voudriez-vous me donner quelques pêches pour me rafraîchir? Il s'approcha de moi et m'en remplit mon chapeau. Et pendant que je les mangeais, je lui dis : Comment faites-vous, monsieur, pour garder vos pêches? — Les garder? que voulez-vous dire? — Est-ce que les garçons ne cherchent pas à vous les voler? — Pas le moins du monde. — Eh bien! moi, monsieur, j'ai plein mon jardin de belles pêches, et je ne puis seulement en conserver la moitié. Sa voix devenait tremblante. — Parce que les garçons de ma commune me les volent. — Mais pourquoi leurs parents ne les empêchent-ils pas de voler? Là-dessus, une sueur froide passa sur mon front, et je lui répondis que je craignais en effet qu'ils ne le leur défendissent pas. — Que me dites-vous là? Enseignez-moi leur demeure. — Alors, dit le père Maurice de grosses larmes dans les yeux, je fus obligé de lui dire qu'ils habitais la ville de G... Après cela le brave homme conserva toutes ses pêches.

Notre vieil ami n'était pas moins original dans la partie logique de ses discours que dans ses périphrases. Sa logique était de l'espèce familière qui donne la main au sens commun comme à un vieil ami. Parfois aussi il déployait un grand cœur et un grand talent sur le thème de la religion, dans un langage dont la simplicité touchait au sublime. Il prêchait une fois un sermon sur le texte « du Très-Haut et Très-Saint qui règne dans l'éternité; » et du commencement à la fin, ce fut une suite de hautes et solennelles pensées. Il parla du Dieu puissant, du grand Jéhovah, et comment les gens de ce monde s'inquiétaient et s'agitaient, craignant toujours de n'avoir pas le temps de faire ceci ou cela. Mais, ajouta-t-il d'un air satisfait, le Seigneur n'est jamais pressé. Il a tant à faire! Mais il en a suffisamment le temps, car il a pour lui l'éternité. Et cette haute idée de loisir infini et de puissantes ressources se développait avec une force égale et constante jusqu'à la fin du sermon.

Bien que le vieillard ne semblât jamais porté à la plaisanterie dans sa manière de s'exprimer, néanmoins il avait du goût pour les bons mots et une grande promptitude de repartie. Une fois qu'il se promenait dans une paroisse voisine, renommée pour son irréligion, il fut arrêté par une bande de jeunes éprouvés du lieu.

— Père Maurice! père Maurice! le diable est mort!

— En vérité, dit le vieillard posant sa main sur la tête du premier polisson, pauvres enfants, vous voilà donc orphelins!

Mais il faudrait un livre pour contenir toutes les saillies et les reparties de ce bon vieillard dans les environs de sa paroisse. Il vécut bien au delà de l'âge ordinaire de l'homme, et continua, lorsque l'âge eut affaibli ses facultés, de répéter ses citations de la Bible.

Je me rappelle la joie du bon vieillard lorsque, après bien des années de soins et de bonnes semences répandues dans la paroisse, il commença à en voir se développer la végétation. Plus d'un homme dur, égoïste, bien des auditeurs inattentifs ou endormis, beaucoup de jeunes gens, jadis oisifs et inattentifs, commencèrent à prêter l'oreille aux paroles qu'ils avaient si longtemps méconnues. Un pasteur du voisinage, qui avait été envoyé pour constater ces heureux résultats, décrit le tableau qui s'offrit à sa vue en entrant dans la petite église, lorsqu'il trouva un auditoire groupé autour du vénérable docteur, écoutant dans un religieux silence ses doctes enseignements. Le vieillard était assis dans sa chaire, le cœur plein de joie et d'émotion en voyant son troupeau complet. — Mon père, dit le jeune pasteur, je pense que vous pouvez dire comme Siméon: Maintenant, Seigneur, je puis partir en paix, car mes yeux on vu votre salut.

— Sans doute, sans doute, répliqua le vieillard, dont les joues vénérables étaient sillonnées de douces larmes.

Quelques années après cette dernière allocution, le simple et aimant serviteur du Christ alla reposer auprès de son Sauveur. Son nom commença à s'effacer du souvenir des hommes; et dans quelques années, sa mémoire, comme son humble tombe, sera entièrement ensevelie dans l'oubli; mais celui qui n'oublie pas ses serviteurs le gardera éternellement auprès de lui.

━━◈━━

LA GALIOTE.

De tous les modes de voyager en usage dans notre pays, la galiote est le plus prosaïque et le moins illustre. Il y a en effet quelque chose de sublime dans le port majestueux et la marche rapide d'un paquebot à vapeur. Allez vous placer sur quelque point dominant où l'Ohio, aux eaux bleues, déroule sa ligne onduleuse et argentée, ou suivez dans sa course le fougueux Mississipi, creusant son lit à travers les forêts vierges, et votre cœur s'épanouira à la vue de ce paquebot qui fend l'onde comme quelque monstre mythologique, soufflant le feu par les naseaux, et répercutant sa bruyante respiration dans tous les échos de son parcours. Il y a quelque chose d'imposant, de mystérieux dans cette puissance de la vapeur. Voyez-la floconner sur le ciel bleu par une rose matinée, gracieuse, flottante, insaisissable, et en apparence la plus douce, la plus inoffensive de toutes les choses spirituelles; puis songez que cet esprit follet entretient la moitié du monde dans une bouillante locomotion. Excellent serviteur, comme les génies du monde fantastique, elle accomplit des travaux gigantesques; mais si vous abandonnez d'une seconde le talisman de son obéissance, quel terrible avantage ne prend-elle pas tout à coup sur vous! Vous conviendrez alors que la vapeur est à la fois sublime et terrible. Mais dans une galiote rien de tout cela: ni puissance, ni danger, ni mystère; impossible de sauter ou de se noyer, à moins de le faire exprès; on voit de suite tout ce qui le concerne: un cheval, une corde, et un courant d'eau bourbeuse; voilà tout!

En avez-vous jamais fait l'essai, cher lecteur? Non! Dans ce cas, veuillez faire avec moi une excursion imaginaire pour vous en donner une idée.

— Voilà la galiote! s'écrie un voyageur de l'omnibus, comme nous descendons de l'hôtel de ville de Pittsburg vers le canal.

— Où cela? où cela? s'écrient dix à douze voix dont les têtes se montrent à l'extérieur.

— Là-bas, sous le pont! Ne voyez-vous pas ces lumières?

— Comment! ce petit bateau-là! s'écrie un voyageur inexpérimenté; mais nous ne pourrions y tenir plus de la moitié.

— Par exemple! réplique un vieil habitué; il nous contiendra tous et une douzaine encore de charges comme la nôtre.

— C'est impossible! s'écrient quelques incrédules.

— Vous verrez! réplique le vieux voyageur.

Et aussitôt que l'on descend, on entend une confusion de langues, dignes de la tour de Babel, s'élevant d'une avalanche de malles,

caisses, valises, sacs de nuit, et toutes les formes imaginables de ce qu'un habitant de l'Ouest appelle pillage.

— C'est ma malle! hurle un gros monsieur, rond comme une tour.

— La! c'est ma caisse à chapeaux! dit une voix chevrotante qui s'échappe d'un large bonnet des dimanches.

— Où est ma petite boîte rouge?—J'avais deux sacs de nuit et un... —Ma malle avait une traverse.—Eh! là-bas! où partez-vous donc avec mon portemanteau? — Mon mari! mon mari! n'oubliez pas le grand panier et le coffret! — Ah! et la chaise de l'enfant?—Descendez, ma chère; pour l'amour de Dieu, descendez! je veillerai aux bagages. Enfin la partie féminine de la création, remarquant que dans cette occasion elle ne gagne rien à parler en public, se laisse paisiblement conduire sous les écoutilles, et rien n'est amusant comme le regard de désolation de chaque victime conduite dans cette partie de la prison. Celles qui ignoraient la force de compression au point de supposer que le bateau contiendrait à peine leurs personnes et leurs bagages, trouvent déjà installée toute une colonie de vieilles dames, d'enfants, de mamans, de gros paniers et de sacs de nuit. — Miséricorde! dit l'une, comment nous coucherons-nous donc cette nuit? Cette chambre n'a que dix pieds de long sur six de haut.

— Ah! fi donc! que d'enfants! dit une jeune dame d'un air désolé.

— Bah! dit un voyageur incarné: des enfants! il n'y en a pas déjà tant!... Voyons!... un; la femme là-bas dans le coin, deux; celui-là avec la tartine de pain et de beurre, trois, et puis cette autre femme qui en a deux. En vérité, c'est très-raisonnable pour une galiote! Néanmoins, il faut attendre que tout le monde soit entré.

— Tout le monde! vous ne pensez pas qu'il en viendra davantage, bien sûr! s'écrient deux ou trois voix. — Il ne faut pas qu'il en vienne. — Il n'y a plus de place.

Nonobstant la démonstration de cette assurance, le contraire se révèle aussitôt par l'apparence d'une grosse maman entourée de trois filles en pleine croissance et qu'elle contemple avec amour en dépit des regards peu chrétiens de la société. Combien il est heureux que les gens gras aient toujours un bon naturel! L'arrivée de ce quatuor est suivie d'une grêle d'individus des deux sexes de tous âges, de toutes grandeurs, de toutes largeurs, hommes, femmes, enfants, nourrices et nourrissons. L'état des esprits tourne au désespoir; les visages deviennent cramoisis. — Nous allons être étouffés! — Nous sommes foulés à mort! — Je ne veux pas rester ici! sont les cris que l'on entend de tous côtés; et pourtant, bien que le bateau ne gagne rien en longueur ni en largeur, tous vivent, tous supportent les nouveaux arrivants, malgré les protestations du contraire.

Cependant les enfants ont envie de dormir, et divers duos et trios partent de toutes les extrémités de la cabine. — Maman, je suis fatigué, crie un enfant. — Où avez-vous mis la robe de nuit de l'enfant? demande une nourrice. — Prenez le petit sur vos genoux, et faites-le tenir tranquille avec ces biscuits pour lui fermer la bouche. Les enfants néanmoins exécutent *con spirito* diverses fanfares peu musicales; les mères inconsolables soupirent et se désespèrent, et les jeunes filles se montrent très-dégoûtées, ne comprenant pas comment des femmes peuvent se décider à voyager avec des enfants.

A cette scène succède celle de faire passer les dames dans la cabine des hommes, afin de dresser les lits. Les rideaux rouges sont baissés, et les derniers mystères de la nuit sont préparés au milieu d'un silence solennel. Enfin l'on annonce que tout est prêt. La société féminine s'élance de nouveau dans la cabine, et trouve les parois embellies par une infinité de petites tablettes d'un pied carré, garnies d'un matelas et des objets de literie, suspendus au plafond par de très-faibles cordes. Les voyageuses inexpérimentées se répandent en lamentations contre ces arrangements équivoques. — Comment! coucher là suspendue! Jamais je ne me déciderai à me coucher sur une planche d'armoire; les cordes casseront, c'est sûr. La fille de chambre se voit dans l'obligation de prendre la parole et d'affirmer qu'il n'y a à craindre aucun accident de cette nature; qu'à moins d'un miracle, le malheur ne saurait arriver. Or, comme il devient évident que trente dames ne peuvent coucher dans les cases inférieures, il faut se décider à suivre l'ordre des tablettes; seulement, lorsque la grosse maman parle de se coucher dans une case supérieure, elle est instamment priée de changer de place avec sa voisine de dessous. Les cellules ainsi partagées, viennent les dernières convulsions. L'une cherche son châle, l'autre ôte son chapeau, une autre a perdu son sac de nuit, et toutes se croisent et se heurtent avec tant de zèle qu'elles n'arrivent à rien. — Madame, vous me marchez sur le pied, dit l'une. — Si vous vous dérangiez un peu, madame? dit quelqu'un qui s'agite derrière vous. — Me déranger! je voudrais le pouvoir, madame; mais, vous le voyez, cela m'est impossible. — La fille de service, où est-elle? s'écrie une dame qui se débat au milieu d'un tas de sacs de nuit et d'enfants à une extrémité de la cabine. — Me voici, madame, répond cette fille, qui se trouve dans une semblable situation à l'autre extrémité. — Où est mon manteau? — Je vous le chercherais, madame, mais je ne puis me tirer d'ici. — Fille de chambre, mon panier! — Fille de chambre, mon ombrelle est perdue. — Fille de chambre, mon sac de nuit! — Maman, on me pousse par ici. — Taisez-vous, ma fille; fourrez-vous là-dessous, et attendez que je puisse vous déshabiller. Enfin le bruit s'apaise par lassitude de crier, les enfants s'endorment, et la fille de chambre elle-même se glisse dans un coin pour prendre un peu de repos. Harassés de fatigue, vous commencez à sommeiller, quand, houm! le bateau heurte une saillie de la berge; les cordes donnent une secousse, les hommes s'élancent au dehors et crient, et toutes les têtes diversement coiffées sortent de leurs tablettes.

— Qu'est-ce que c'est? qu'est-ce que c'est? vole de bouche en bouche, et les uns et les autres songent à éveiller leurs parents. — Ma mère! ma tante Anna! éveillez-vous. Quel est donc cet affreux bruit? — Oh! simplement un nœud. — Restez donc tranquilles! s'écrient les dormeurs du bas; il n'y a pas le moindre danger. — Danger! s'écrie une dame sourde sortant la tête; il y a donc du danger? Est-ce que quelque chose a éclaté? Enfin les conversations se calment, le silence se rétablit; on entend le bruit des chevaux et la corde qui plonge dans l'eau; le sommeil appesantit de nouveau vos paupières. Vous commencez à dormir, un cri vous réveille de nouveau : — Eh! la fille! réveillez la dame qui veut descendre ici. La fille se lève, ainsi que la dame et deux enfants, et tout de suite un dialogue s'établit entre eux. — Où est mon chapeau? dit la dame à moitié éveillée; et bousculant toutes les coiffures pour retrouver la sienne : — Je l'avais accroché derrière la porte. — Le trouvez-vous? demande la fille fouillant en se détirant et se frottant les yeux. — Ah! le voilà! dit enfin la dame; puis on en fait autant pour le manteau, le châle, les gants et les souliers. Enfin tout semble prêt, et l'on commence à se retrouver, lorsque tout à coup la casquette de Pierre manque encore. — Où peut-elle être? se dit la dame; je l'ai déposée près du pied de la table; elle s'est peut-être glissée dans les cases. A cette supposition, la fille de chambre prend la chandelle et se met à visiter l'une après l'autre toutes les cases, approchant la chandelle des yeux des dormeuses. — La voici! s'écrie-t-elle tirant à elle quelque objet noir de dessous l'oreiller. — Mais non! vous prenez mes souliers! s'écrie la dormeuse contrariée. Elle est là peut-être, reprend celle-ci s'élançant sur quelque chose de sombre dans une autre case. — Non, non, c'est mon sac de nuit, dit la propriétaire. Alors la fille de chambre se met à descendre tous les enfants sur le plancher pour chercher sous les banquettes : on pense s'ils sont agréablement réveillés et de bonne humeur. Et quand tout le monde est complétement éveillé, et souhaitant le plus charitablement du monde que cette casquette se retrouve au fond du canal avec le petit Pierre, la bonne dame s'écrie : — Voyez donc, quelle chance! je l'avais dans mon panier; et elle sort au milieu des malédictions de toute la chambrée, bien que ce fussent des dames.

Après son départ, il faut calmer et moucher la population juvénile, et l'on entend les différentes cases une série d'observations des plus instructives. L'une dit que cette femme ne sait où elle met ses affaires; l'autre, qu'elle a réveillé tout le monde; et les dames âgées font des réflexions morales sur l'importance de placer les effets de manière à pouvoir les retrouver. Enfin, les voix s'affaiblissent et se taisent les unes après les autres, et vous tombez dans un sommeil rafraîchissant; il vous semble que vous dormez depuis un quart d'heure, quand la fille de chambre vous tire par le bras : — Voulez-vous vous lever, madame? nous avons besoin de faire les lits; vous vous mettrez sur votre séant, il fait jour.

Voilà ce qui s'appelle passer une nuit à bord de la galiote.

Il serait oiseux d'énumérer les perplexités de la toilette du matin dans un endroit où chacune des dames représente la condition forcée de la vieille femme qui vivait sous un balai; de dire comment un verre sert pour faire la toilette à trente dames qui n'ont qu'une cuvette et un pot à eau pour toute la chambrée, et, le dirai-je? un seul essuie-main. Nous ne dirons pas comment les souliers des dames ont passé dans la cabine des messieurs, et les bottes des messieurs dans la cabine des dames, ni sur toutes les réclamations d'objets égarés. — Il me manque un soulier de John. — En voici un dans le baquet, est-ce le vôtre? — Mes petits peignes sont partis, s'écrie une nymphe échevelée. — Massy, voyez donc comme l'on a arrangé mon chapeau! s'écrie une vieille dame élevant un objet informe qui présente autant de carrés qu'une figure de géométrie. — Je n'ai de ma vie couché avec tant de monde, dit une grande petite dame française que la force du désespoir a amenée à parler anglais.

Mais la fin de notre papier nous conseille de ne pas prolonger au delà des bornes raisonnables le catalogue de tant de détresses. Nous conclurons donc en conseillant à celles de nos amies qui auraient l'intention de faire une partie de plaisir dans ces sortes de bateaux de prendre avec elles une large provision de patience et de serviettes propres, car nous croyons qu'elles auront un très-grand besoin de l'une et de l'autre.

LES TRIBULATIONS

D'UNE MAITRESSE DE MAISON.

— Bah! dit l'un des seigneurs de la création ôtant son cigare de sa bouche et le tournant dans ses doigts, les femmes font un embarras de cette simple chose de *conduire un ménage*. Je ne vois pas ce qu'il y a là de si extraordinaire. Trois repas par jour à préparer et à desservir, en voilà plus qu'il ne faut pour occuper leur temps et leur esprit depuis le matin jusqu'au soir. Je ne ferais pas tant d'embarras que cela, moi, pour diriger une maison tout entière.

— Écoutez, mon cher frère, mon histoire, et vous me direz si vous croyez être si savant. Il y a un an environ que je vins me fixer dans cette partie civilisée de l'Ouest, où j'étais confortablement installée dans une résidence de campagne, à un tiers de lieue de la ville. J'étais mariée depuis trois mois, et ma famille se composait de moi, mon mari, une de mes amies en visite, et des deux frères de mon mari, qui le secondaient dans ses affaires. Je passe par-dessus les deux ou trois premiers jours employés à clouer des caisses, à briser de la vaisselle, jeter des choses par terre et les ramasser, ce que l'on appelle enfin emménager. On commença par coudre les tapis, les étendre et les clouer; toutes choses étaient réformées, transformées et contournées jusqu'à ce qu'elles prissent une certaine figure. Mais, pour arriver au grand point, pendant la confusion de notre installation, nous avions fait la cuisine, et pris nos repas de la manière la plus variée, prenant pour table un tonneau, ou une planche appuyée sur deux chaises, buvant dans des tasses, des soucoupes ou des cruches, couchant sur des sofas, des lits de sangles, ou des matelas étendus çà et là, où l'on pouvait les déployer. Ce campement barbare était levé, la maison en ordre, les plats mis à leur place; il s'agissait de faire servir régulièrement tous les jours trois repas confortables et bien ordonnés, faire proprement les lits, balayer, épousseter les chambres, laver les plats et les assiettes, récurer les couteaux, et tous les *et cœtera* relatifs.

— Et pour atteindre ce but, il fallait chercher des *aides*, comme dit mistress Trollope; mais comment et où s'en procurer? Nous ne connaissions que très-peu de personnes dans toute la ville. Il fallut avoir recours au bureau de placement, et ce fut mon mari qui se chargea d'y aller tous les jours pendant une semaine, pendant que j'étais retenue au logis par la grande variété de mes occupations. Un soir, que je m'étais assise pour la première fois de la journée, exténuée de fatigue, mon époux parut à la porte :

— Enfin, Marguerite, je vous en amène deux : cuisinière et bonne pour le ménage. Et il me présenta une petite vieille sentant le tabac, et une grande fille hollandaise à la mine effarée, coiffée d'un petit chapeau de taffetas vert avec des rubans rouges, et ouvrant la bouche comme pour avaler une pomme. Néanmoins je leur adressai à toutes deux quelques paroles d'encouragement, et demandai leurs noms; la petite vieille se moucha, et s'essuya le visage avec le morceau d'un vieux foulard de soie, et la jeune fille ouvrit la bouche encore plus grande, jetant autour d'elle des regards effarés, comme si elle cherchait à s'enfuir. Après quelques préambules, j'appris que ma vieille cuisinière se nommait mistress Bibbin, et mon Hébé Catherine; que cette dernière savait plus de hollandais que d'anglais, mais assez peu de l'un et de l'autre. Je m'aventurai à demander à la vieille si elle savait faire la cuisine.

— Certes, madame, j'ai occupé plusieurs places dans la ville.

Je n'en dis pas davantage, remettant au lendemain d'en faire l'épreuve. Le déjeuner certes ne fit pas grand honneur aux talents de mon cordon bleu; mais c'était la première fois, et les localités ne lui étaient pas encore familières. Lorsque le service du déjeuner fut enlevé, je donnai mes instructions pour le dîner, composé simplement, dis-je, d'un quartier de viande rôti dans une cuisinière. A ce mot mistress Bibbin me regarda de l'air le plus ébahi du monde. — La cuisinière est là, lui dis-je la lui montrant au-dessus de la cheminée.

Elle s'en approcha, et l'examina d'un air soupçonneux, osant à peine y toucher, comme si elle eût renfermé une batterie électrique; puis elle me regarda de l'air le plus ignorant du monde.

— Je n'ai jamais vu de ces choses-là, me dit-elle.

— Comment! vous ne connaissez pas une cuisinière, qui sert à rôtir les viandes? m'écriai-je; vous m'aviez dit avoir fait la cuisine chez deux ou trois personnes différentes.

— Elles n'avaient point de ces sortes de choses, me répliqua mistress Bibbin. J'arrangeai la broche moi-même, et, laissant à la vieille toutes les recommandations imaginables, j'allai trouver Catherine, à qui j'avais confié le ménage à faire aux étages supérieurs. Il ne m'était jamais venu à l'idée qu'il fût possible de mal faire un lit; mais je ris encore aujourd'hui quand je pense à la tournure que ma femme de ménage était parvenue à donner à l'arrangement du traversin, des oreillers et de la couverture. Il me suffit d'un coup d'œil pour reconnaître que Catherine était aussi avancée dans son département que la vieille dans le sien.

Dans ce moment on sonna à la porte de la rue.

— On sonne, Catherine, courez ouvrir, m'écriai-je, et faites entrer au salon.

Catherine s'élança dans la direction que je lui indiquais; mais elle s'arrêta à toutes les portes, et se retourna vers moi de l'air le plus comiquement intrigué du monde.

— C'est la porte de la rue, dis-je la lui désignant du doigt.

Catherine courut étourdiment vers le vestibule, où elle demeura stupéfaite devant la sonnette qu'elle voyait s'agiter toute seule sans une main pour la faire aller, tandis que j'ouvrais moi-même la porte pour laisser entrer mes visiteurs.

A l'approche du dîner, je fis donner l'ordre de servir; mais, me souvenant de l'embarras de mon chef féminin, je descendis presque aussitôt moi-même. Je trouvai la cuisinière et la coquille au beau milieu de la cuisine, et mistress Bibbin assise par terre, les jambes croisées à la turque, contemplant le rôti d'un air aussi intrigué que le matin. Je lui démontrai encore une fois la manière de débrocher, et je l'aidai à mettre la viande sur le plat. Je tenais encore la broche d'une main, quand Catherine, qui avait entendu la sonnette de la rue, et qui tenait cette fois à arriver à temps, courut au vestibule, ouvrit la porte, et revint me présenter dans la cuisine toute une société de dames élégantes qui me rendaient leur première visite de voisinage. L'air de stupéfaction avec lequel j'accueillis leur entrée avec ma broche à la main, et les reniflements de la pauvre mistress Bibbin, qui eut de nouveau recours à son vieux mouchoir de poche, produisirent un effet assez singulier sur mes visiteuses; je m'en aperçus à temps pour leur adresser mes excuses et les conduire au salon.

Ces légers incidents sont un spécimen des quatre semaines consécutives que je passai avec ces deux étranges auxiliaires, faisant néanmoins presque autant d'ouvrage avec beaucoup d'inquiétude de plus que lorsque j'étais seule; et encore tout marchait de travers. Les jeunes gens se plaignaient que leurs cols étaient grippés par des plaques d'empois, et que des raies noires de charbon, sillonnaient les devants de leurs chemises; pendant toute une semaine les mouchoirs de poche avaient été empesés de telle sorte, qu'une feuille de papier n'eût pas produit plus d'effet à plier et à mettre dans la poche. Les verres étaient gras, les assiettes jamais bien essuyées, si je ne les repassais une à une. Quant à la composition des repas, jamais nous n'eussions cru possible une variété aussi originale.

Enfin la vieille femme céda son rôle à une fille capable, active et expérimentée, mais douée d'un caractère comme un ressort d'acier. Elle demeura huit jours, et partit comme un trait à la suite d'une boutade. A celle-là succéda une bonne fille, fraîche, accorte et gaie, qui brisa la vaisselle, brûla le dîner, déchira le linge en repassant, renversant et brisant tout ce qui se trouvait sur son passage, sans en paraître déconcertée le moins du monde. Un soir, elle enleva la bonde d'un baril de mélasse, et remonta les escaliers en chantant tandis que la mélasse se répandit toute la nuit dans la cave. Elle couronna ce chef-d'œuvre en renversant tout un service complet de thé, et disparut sans demander son reste.

Enfin, par miracle, le sort m'amena une jeune et gentille fillette sachant à peu près tout faire, et douée du caractère le plus heureux du monde. Enfin, dis-je en moi-même, je vais donc pouvoir me reposer un peu de mes travaux. Tout, du haut en bas de la maison commençait à bien marcher, et l'apparence en était aussi nette et propre que Marie elle-même. Mais, hélas! cette période de repos fut interrompue par un adroit et joli garçon qui pendant plusieurs semaines vint tous les dimanches essuyer ses pieds à la porte de la cuisine; et enfin miss Marie, avec force sourires et en rougissant, me donna à comprendre qu'elle s'en allait dans quinze jours.

— Votre place ne vous convient donc pas, Marie? lui demandai-je avec quelque malice.

— Oh! si, madame.

— Alors pourquoi en chercher une autre?

— Je ne rentre pas en place.

— Vous allez donc apprendre un état?

— Non, madame.

— Enfin qu'avez-vous donc l'intention de faire?

— Je compte tenir moi-même une maison, madame, répliqua-t-elle moitié riant, moitié rougissant.

— Oh! oh! dis-je, c'est donc cela! Et ce fut ainsi qu'au bout de quinze jours je perdis la meilleure fille du monde. Paix à sa mémoire!

J'eus ensuite un interrègne qui me rappela le chapitre des chronologies, que j'avais coutume de lire étant enfant, où Baarha succéda à Elah, qui succéda à Tibris, lequel succéda à Zimri, puis à Omri, au trône d'Israël, le tout dans une douzaine de versets. Nous eûmes une vieille femme qui resta huit jours, et qui partit avec un affreux mal de dents; une jeune fille qui s'enfuit pour se marier; une cuisinière qui venait le soir et s'en allait le matin avant le jour; une jeune fille très-habile qui demeura un mois, et nous quitta pour soigner sa mère malade; une autre qui resta six semaines, et qui fut ensuite prise de la fièvre. Et pendant toute cette période, que de désordre dans le ménage obligé de passer par cette multitude de désâtres!

Que faut-il faire? abandonner nos maisons, n'avoir pas de meubles à soigner; ne garder qu'un sac de grains, un plat de pudding, et nous asseoir sous notre tente, dans une indépendance toute patriarcale? Que faut-il faire?

---◦◦◦---

LE PETIT ÉDOUARD.

Quiconque est né dans le bon vieux temps de la Nouvelle-Angleterre, le temps où l'on allait à l'école, au catéchisme, à l'église, a pu connaître le père Abel, le plus rectangulaire des vieillards qui travaillent les six jours de la semaine pour se reposer le septième.

Ses traits brunis par le soleil, burinés dans l'airain avec une plume de fer, avaient une expression de franchise qui se peignait dans ses petits yeux gris, dans les coins arrêtés de ses lèvres, dans cet ordre et cette précision militaires qui semblent crier:—En avant, marche!

On aurait tort de croire qu'avec cet extérieur roide et compassé le père Abel fût autre chose qu'un excellent vieillard.

Il ne riait pas souvent, et rarement on l'entendait plaisanter; mais nul ne savait mieux que lui apprécier chez autrui la bonne plaisanterie, et lorsque quelque bon mot éclatait en sa présence, on voyait le visage du père Abel s'épanouir en une expression de solennelle satisfaction. Il en contemplait l'auteur avec cet air de paisible étonnement qui ne comprend pas comment pareille chose a pu entrer dans la tête d'un homme.

Le père Abel aimait les arts; on le devinait à l'expression de plaisir et d'admiration qui se peignait sur son visage lorsqu'il contemplait les planches gravées de sa Bible, ou lorsqu'il accompagnait de la voix et du geste le chant des psaumes à l'office du dimanche. Libéral avec mesure, il donnait à son prochain autant qu'il eût désiré pour lui-même; ponctuel avec tous, il exigeait qu'on lui tînt également parole.

D'un bout de l'année à l'autre tout était à la même place et dans le même ordre à la maison du père Abel. Maître Bose, un vieux chien du choix de son maître, se promenait de long en large comme s'il eût appris par cœur la table de multiplication. Un vieux coucou pendu dans un coin de la cuisine faisait entendre son tic-tac régulier, et déployait son soleil peint en jaune, se couchant toujours au même point derrière un rideau de peupliers. On voyait toute l'année suspendu au-dessus de la cheminée un chapelet d'ognons et de poivres longs. La fenêtre était richement encadrée de passe-roses et de clématites. Dans la meilleure pièce, dont la dalle était recouverte d'une couche de sable fin, reposait dans sa majesté un vieux bahut avec ses portes vitrées, à travers lesquelles se dessinaient les arabesques de vieilles poteries hollandaises; pour vis-à-vis un rayon sur lequel s'étalaient à l'aise une Bible et un vieil almanach. Parmi les antiquités du lieu, il ne faut pas omettre la vieille tante Betsey, qui ne pouvait vieillir tant elle avait atteint les dernières limites de la décrépitude. La bonne femme étendait régulièrement le dernier jour de septembre ses feuilles de lavande et d'absinthe pour sécher au feu d'hiver, et elle commençait à laver la maison le premier jour de mai. En somme, cette maison représentait la marche régulière et invariable du temps. Cette brave tante Betsey était bien la mécanique la mieux entretenue et la plus régulièrement montée qu'on pût imaginer. Toujours alerte et l'œil à toutes les choses de la maison, et bien que le père Abel se fût marié deux fois, l'autorité de la tante Betsey n'avait jamais fléchi. Elle avait régné tour à tour sur ses deux femmes; elle régnait encore après leur mort, et semblait ne vouloir abandonner son sceptre qu'avec la vie. Mais la dernière femme du père Abel avait laissé à la tante Betsey un sujet bien moins traitable que tous ceux qui lui étaient échus dans sa vie. Le petit Édouard était le produit de l'âge assez avancé du père Abel, et jamais rejeton plus fleuri, plus gai n'avait poussé sur le déclin d'une avalanche. Confié aux soins nourriciers de sa grand'maman jusqu'à ce qu'il eût atteint l'âge de l'indiscrétion, le père Abel avait tant insisté, tant réclamé, qu'on lui avait enfin renvoyé son trésor.

L'introduction de maître Édouard dans sa famille produisit une profonde sensation. Jamais on n'avait eu sous le toit paisible de plus grand violateur de toutes les règles de la maison et de plus profond mépris pour les saintetés du lieu. En vain on avait essayé de lui inculquer les principes du décorum. C'était bien le lutin le plus outrageusement gai, abrité sous une forêt de boucles soyeuses, sans respect pour le jour du dimanche ou pour tout autre jour. Il riait et jouait avec tout le monde et avec toutes les choses qu'il trouvait à sa portée, sans excepter son vieux père. En le voyant enlacer de ses deux petits bras le cou du vieillard et appuyer ses joues roses et fraîches sur les joues bistrées du père Abel, on eût dit le printemps caressant l'hiver. Les principes de métaphysique étaient singulièrement mis à l'épreuve par ce composé sautant et brillant de matière et d'esprit; impossible de trouver une méthode, un système de le réduire à un état tolérable de repos. Il persévérait dans ses espiègleries avec l'énergie et la ténacité d'un lutin. Une fois il parsemait le parquet avec le meilleur tabac écossais de la tante Betsey; une autre fois il balayait l'âtre de la cheminée avec la vergette de son papa Abel; une autre fois on le surprenait tenant Bose dans un coin de la chambre et essayant de lui faire garder les lunettes qu'il lui posait sur le nez. En somme, il employait à toute sorte d'usages, excepté le véritable, les objets qui lui tombaient sous la main.

Mais le plus grand embarras du père Abel était de pouvoir faire de lui quelque chose le dimanche, car maître Édouard semblait choisir précisément ce jour pour ses gaietés les plus bruyantes.

— Édouard, Édouard! il ne faut pas jouer le dimanche! s'écriait son père. Alors Édouard relevait sa tête frisée et prenait un air grave comme le curé; mais, trois minutes plus tard, on voyait Minette caracoler dans la belle chambre avec Édouard à sa poursuite, au grand scandale de la tante Betsey et des autres graves autorités.

Enfin le père Abel en arriva à cette conclusion qu'il fallait renoncer à chercher ce qui n'existait pas dans sa nature, et qu'il n'y avait pas plus possibilité de l'empêcher de jouer le dimanche que d'arrêter la rivière dans son cours. Pauvre père Abel! il ignorait son cœur, car c'était plutôt lui qui perdait le courage de gronder lorsqu'il s'agissait du petit Édouard et lorsque la tante Betsey racontait ses tours et ses espiègleries.

Notre héros atteignit sa troisième année et la dignité d'un écolier. Il parcourut très-rapidement l'*a, b, c, d*, et il aborda le Catéchisme, dans lequel, après quinze jours d'études, il informa joyeusement son père qu'il lisait jusqu'à *Amen*. Puis il entreprit de réciter régulièrement le tout chaque dimanche, se tenant les mains derrière le dos

Les tribulations d'une maîtresse de maison.

et son tablier plié à terre, cherchant autour de lui pour voir si Minet faisait attention. D'une tournure bienveillante d'esprit, il tenta quelques louables efforts pour enseigner à Bose le Catéchisme; on pense quels durent être ses succès! Enfin maître Édouard promettait de devenir une merveille en littérature.

Mais, hélas! les jours de bonheur furent de courte durée pour le pauvre petit Édouard! Il tomba malade. La tante Betsey épuisa son herbier pour trouver un remède salutaire, mais en vain; son état empira de jour en jour. Le père était au désespoir, mais il se taisait, se contentant de veiller nuit et jour auprès de son lit, et d'essayer avec une affectueuse persévérance tous les moyens possibles pour le sauver.

— Ne pouvez-vous tenter autre chose, docteur? dit-il à celui-ci lorsqu'il eut épuisé tous les remèdes.

— Plus rien, répliqua le médecin.

Une convulsion passagère contracta le visage du père Abel.

— Que la volonté du Seigneur s'accomplisse! s'écria-t-il avec un sanglot de douleur.

Un rayon du soleil couchant vint en ce moment traverser l'ombre des rideaux du lit, et brilla comme le sourire d'un ange sur le visage du petit moribond, qui parut s'éveiller d'un sommeil agité.

— Je suis bien malade, dit-il faiblement. Son père le prit dans ses bras; il parut respirer plus librement, et lui sourit avec reconnaissance. Son vieux camarade Minet traversa la chambre... Ah! voilà Minet... je ne jouerai plus jamais avec lui.

Un changement mortel contracta son visage; il sortit du lit sa main comme pour implorer du secours. Il eut un moment d'agonie,

puis les traits enfantins s'éclairèrent d'une expression angélique, et l'âme s'envola vers le ciel.

Le père Abel le déposa sur le lit, et contempla ce charmant visage de chérubin qui paraissait dormir. C'en était trop pour sa résignation, il éleva la voix et pleura.

Quelques jours après vinrent les funérailles... un dimanche qui se leva dans toute la splendeur de la vie. Le père Abel était calme et recueilli, mais son visage portait l'empreinte d'une profonde douleur. Il me semble le voir penché sur la Bible, et commencer le psaume : « Seigneur, nous habitons en vous depuis des générations. » La splendeur mélancolique de cette poésie le toucha, car après les premiers vers il suspendit sa lecture. Il y eut un silence de mort, interrompu seulement par le tic-tac du coucou. Il toussa pour éclaircir sa voix, mais ce fut en vain. Fermant alors le livre, il se mit à genoux et pria. La force de la douleur traversa l'enveloppe de sa réserve, et se répandit en gémissements et en élans de sensibilité que je n'oublierai jamais. Le Seigneur eut pitié de lui, et versa le baume de consolation dans son âme. Il se leva, et je le vis s'avancer vers le lit du petit ange, dont il découvrit le visage. Le sceau de la mort en rendait l'expression céleste. Les roses de la vie s'étaient effacées, mais l'auréole céleste rayonnait autour du corps inanimé, et une puissance mystérieuse semblait le soulever pour l'emporter au ciel. Le père Abel demeura longtemps dans une muette contemplation; son cœur s'était fondu, mais il n'avait pas de paroles pour exprimer ce qu'il ressentait. Il sortit de la chambre et vint sur le devant de la porte. La matinée était pure; les cloches invitaient à venir adorer Dieu; les oiseaux chantaient, et l'écureuil favori d'Édouard sautillait autour de la porte. Le père Abel le vit s'élancer d'arbre en arbre, courir de branche en branche, agitant joyeusement sa queue comme aux jours de bonheur.

Le petit Édouard.

Le père Abel soupira, et dit : Comme ce petit animal est heureux!... Mais que la volonté de Dieu soit faite!

La poussière alla rejoindre la poussière d'où elle était sortie, au milieu des gémissements de tous ceux qui avaient connu le petit Édouard. Les années se sont écoulées, et tout ce qu'il y avait de mortel chez le père Abel est allé rejoindre les restes de ses pères; mais son esprit droit et juste est demeuré parmi les fils de Dieu. Les incrédules même le reconnaissent dans tout ce qu'il y a de vertu et de simplicité au village.

FIN DE FLEUR DE MAI.

Paris. Typographie Plon frères, rue de Vaugirard, 36.